[日]

芥川龙之介

著

魏大海 主编

罗生门

GUANGXI NORMAL UNIVERSITY PRESS
广西师范大学出版社
·桂林·

图书在版编目（CIP）数据

罗生门 /（日）芥川龙之介著；魏大海主编. ——桂林：广西师范大学出版社，2022.5（2025.9重印）
ISBN 978-7-5598-4716-4

I. ①罗… II. ①芥… ②魏… III. ①短篇小说 – 小说集 – 日本 – 现代 IV. ①I313.45

中国版本图书馆CIP数据核字（2022）第018313号

LUOSHENGMEN
罗生门

作　　者：（日）芥川龙之介
主　　编：魏大海
责任编辑：黄安然
特约编辑：徐　露
装帧设计：汐　和　at compus studio
内文制作：陆　靓

广西师范大学出版社出版发行

　广西桂林市五里店路9号　邮政编码：541004
　网址：www.bbtpress.com
出版人：黄轩庄
全国新华书店经销
发行热线：010-64284815
河北鑫玉鸿程印刷有限公司印刷
开本：889mm×1260mm　1/64
印张：6.25　　　　　字数：160千字
2022年5月第1版　　2025年9月第10次印刷
ISBN 978-7-5598-4716-4
定价：40.00元

目录

老年

　　桥场有家茶馆式的料理店，店名玉川轩。那里正在举行一中节的顺讲[1]。

　　打早上开始，天空就阴沉沉的。中午总算下起雪来。到了点灯时分，院里松树上防雪的草绳已沉甸甸地被压弯了。屋里的火盆暖洋洋的，加上玻璃窗和拉门的双层阻隔，令人头昏脑涨。六金身着铁青色素底的短褂，披着茶色金丝纹织的御召绉绸。不怀好意的中洲大将[2]一把揪住了六金，嘲笑道："嗨！把你的衣服脱下一件，给我擦擦发油。"除了六金，另有三人来自柳桥，还有一位

1　一中节，日本曲艺净瑠璃的一个派别，创始于京都，后江户流行。顺讲，一中节曲艺的演习会。

2　中洲，东京都中央区、隅田西岸、新大桥以南填埋处地名，此处茶屋特别繁盛。大将，玩笑时的昵称。

来自代地做女侍的主妇，反正净是些年过四十的老家伙。外加小川少爷、中洲大将等人的妻室和一个老头儿，共有六人。男客中有个驼背名叫宇治紫晓，是唱一中小曲的师傅。另有七八位良家妇女的丈夫，其中三人通晓三座[1]戏曲和山王御览节。所以，这些人说起深川鸟羽屋[2]寮的义太夫[3]演习和山城河岸津藤主持的千社札会，简直热闹得炸了锅。

离客厅稍远，有处占地十五铺席的房间，尤为宽敞。竹编笼形纸灯中圆形的灯球，灯影散落在由神代古杉制作的天花板各处。光线微暗的客厅里，寒梅和水仙被温柔地插在古铜色的花瓶中。画轴上有太祇[4]的笔迹。黄色的芭蕉布[5]上古旧的宣

---

1 三座，江户时代中期至后期风行的歌舞伎戏曲小屋，后发展成了日本独特的传统艺能歌舞伎。

2 鸟羽屋，店名、组织名，三味线公开表演的场所。

3 江户时代前期，由大阪的竹本义太夫创始的净瑠璃的一种。

4 太祇（1709—1771），江户中期俳人，号不夜庵。诗风谐于世事，高雅、清新。

5 芭蕉布，冲绳、奄美诸岛的特产布料，常用作坐垫、蚊帐等。

纸上下对裁，纸上以纤细的笔迹写着"满枝红果，原是鸟藏冬椿"。静寂之中，青瓷制的小香炉摆在紫檀木的台子上，里面没有冒出炉烟，却充满了冬天的气息。

台子前面不曾铺设地板，却铺了两张毛毡。鲜艳的红色温暖地反射在三味线的鼓皮上，同样也反射在琴师的巧手以及刻有七宝菱状花纹的纤细的桐木谱架上。众人在毛毡的两侧相对而坐。上座是师傅紫晓，次座是中洲大将，接下来便是小川少爷和那些男人。女人们都坐在左边。右边的尾座，坐着那名我们将要说到的老人。

老人名叫阿房，前年刚满六十一。打十五岁起，他便领略过茶屋的好酒。刚过二十五岁便交上了厄运。据说那年，他和金瓶大黑的一位年轻太夫[1]制造了一起殉情事件。事后不久，他便继承了父母的糙米批发生意。阿房天性笨拙，又有嗜酒如命的毛病，所以一度落魄。他一会儿想做歌

---

[1] 金瓶大黑为当时吉原大受欢迎的老铺，太夫指最高级的游女。

泽谣曲的师傅，一会儿又想做俳谐诗句的点评人，试过三次，无甚收益，便不了了之。幸好一位远亲领他来到这家料理店，他才有了快活的老年生活。依照中洲大将的说法，壮年时代的他仍然童心未泯，曾在神田祭的晚上，穿着"野路村雨"纹样的浴衣，脖颈上挂了保佑健康的御守，放声高歌。近来，老人明显衰老，曾那般喜爱的歌泽谣曲也放弃了，连一度和他形影不离的黄莺也没了踪影。过去每逢唱戏，老人都不会错过。现今没了"成田屋"和"五代目"，老人便也失去了看戏的兴致。老人今儿破天荒地身着黄色的秩父和服，系着茶色的博多腰带，落座于茶屋的末席。看那气度，实在不像是个一生放荡、耽于游艺的老人。中洲大将和小川少爷缠着老人："阿房，唱一段板新道的——什么来着……对了对了，八重次菊。好久没有听到那段唱词了。"老人却摩挲着秃头，将瘦小的身体蜷缩起来说："不唱了。没有心情再唱这个了。"

奇妙的是，两三段唱罢，老人听到唱词"往

事如云烟，黑发撩得心中乱"，听到"金线缀得夜来字，襟前沉眠清十郎"……这些秀雅文句伴着三味线的琴声回旋时，那锈迹斑驳的沙哑嗓音竟渐渐唤醒了老人的心。老人原先是弓着身子倾听的，不知不觉间却直起腰来。六金唱着《浅间之上》，唱到"无论是怨还是恋，晚寝温心永不变"一句时，阿房眯缝着眼睛，仿佛在伴随着丝弦的音响微微地晃动肩膀。从一旁看来，老人似乎在回味着往日的旧梦。想必在那抑郁而沙哑的一中的歌弦中，隐含着长歌[1]、清元[2]里难以显现的艳泽。无论是老是少，皆可由此感受到人间的酸甜苦辣。阿房心中无疑也泛起了超越时空的情感波澜。

《浅间之上》结束之后是《花子》的合奏。阿房说了声"先行一步"，起身离去。恰巧此时中场用膳，你一言我一语好一阵喧闹。令中洲大将倍感惊异的，正是阿房的老去。

1　长歌，江户时代作为歌舞伎舞蹈伴奏音乐发展而来的三味线音乐。

2　清元，清元节之略。江户净瑠璃之一，创始者为清元延寿太夫。

"嗨！真是怪事哩。连阿房都到这份儿上了，像个守街的老梆子。"

"你上次说的就是他吗？"六金问道。

"师傅也知道。且听我说。这老头儿对于曲艺是无师自通。会唱歌泽，也会唱一中，甚至唱过什么新内小曲。过去他和师傅一样，也曾在宇治师家学艺。"

"驹形的那位一中师傅叫什么来着？ —— 是叫紫蝶吗？他和那个女人搞到一起，也是在那段时间吧？"小川少爷也插言道。

围绕着阿房的话题，大家说了半晌。此时柳桥的老妓开唱《道成寺》，客厅这才又寂静了下来。此曲终结，就要轮到小川少爷的《景清》。少爷在座位上挪了挪屁股，旋即谦恭地站起身来。其实，他是要顺便出来吃个生鸡蛋。他悄悄地来到廊下，中洲大将竟也悄悄地跟了出来。

"小川兄，偷着喝一杯去吧？你唱完就该我的《钵木》了。可不喝酒心中就是没底。"

"我也正想吃个生鸡蛋呢，或是灌上一杯凉

酒。跟你一样，不喝酒，心里真是有点发虚。"

两人一起小解之后，沿着过廊来到上房。不知何处，好像有人在窃窃私语。长廊的一边是玻璃拉门。院内的竹柏和高野罗汉松上挂满了积雪，微微地泛出蓝色。从屋内望去，隔着暗夜中的隅田川流水，对岸昏黄的点点灯光清晰可辨。大河的上空闪烁着灯光，仿佛一柄银色的剪刀。一只白鸽孤鸣过后，室内外一派静寂，连三味线的声音也全然不闻。耳边听到的，唯有埋没紫金牛树丛中红色果实的积雪声、层层覆盖的积雪声和滑落八手金盘枝叶的积雪声。那声响仿佛缝纫针线般轻柔的嗫嚅。某人的话音不断消隐在微微的嗫嚅之中。

"小猫饮水轻，看似有音却无声。"小川少爷嘴里喃喃道。他们停下脚步细听时，声音仿佛来自右边的拉门之中，时隐时现，只能听出个大概。

"你这人也真是少见。别那般哭哭啼啼的啦。怎么，真的迷上了纪国屋的那家伙？——别开玩笑！我要她那种老女人干吗？来，冷静一下，好好吃点东西吧。让你听见这些真是委屈你了。有你在，我哪里会有别的女人呢？毕竟咱们相好一场。演习歌泽谣曲那会儿，我唱的便是《己物》。你那时唱的什么呢……"

"像是阿房呀。"

"都这般年纪了还不消停一些。"小川少爷说道。他眯缝着眼睛，小心翼翼地往里瞧。在两个人的幻想中，飘逸着脂粉的气息。

屋里灯光昏暗，电灯光下影子糊成一片。三尺的床头上孤零零悬着大德寺画轴，画轴上画的是中国水仙，青翠的嫩芽给人以俭朴之感。白交趾的水盘置于其下。靠着被炉取暖的正是阿房。从外面往里看，只能看到他的背影。但见那黑色的天鹅绒衣襟下面，披着八丈绢的薄睡衣。

打外面看不见女人的身影。只见藏青、白茶色格子图案的被炉盖上，铺展着两三册短歌唱本。还有一只颈项上悬着铃铛的小白猫，在一旁拨弄香盒。白猫的身子一动，颈上的小铃便叮叮作响。那铃声轻微得似有似无。阿房的秃头离小猫很近，几乎蹭上了柔软的猫毛。他自言自语地重复着那些秀雅的语句，似乎并无任何对象。

"那时你来了。你说，一直喋喋不休说着艺术的我很可憎……"

中洲大将和小川少爷面面相觑，寂然无语。随后悄然走过长长的廊下，返回客厅之中。

雪花飘飘，没有停止的迹象……

大正三年（1914）四月十四日

（魏大海 译）

青年与死

无须任何背景。两个宦官说着话出场。

——这个月真是，又有六个宫妃要分娩。光是怀有身孕者怕就有几十人呢。

——难道谁都不知何人所为？

——全然不知。按说不应该这样。后宫那种地方，除了你我这样的，男人一概进不去呀。可令人惊诧的是，每个月都有宫妃育子。

——是否有什么男人躲在后宫呢？

——我原先也那么想来着。可不管增加多少守卫，都无法抑制宫妃们分娩。

——去宫妃中探听一下，是否会有结果？

——真是怪了。没少打听。据说，还真是有男人藏在宫里。可是只闻其声，不见其人。

——哦，真是奇怪呀。

——难以置信。对于那个奇异的隐身男子，我也是知之甚少。不论怎样，总得有个防备良策。你有何高见吗？

——我一时也无良策。反正男人的存在是确凿无疑的吧？

——想来如此。

——那么，能否在宫内撒些细沙呢？那男人总不会从天上飞来吧。只要在地上行走，总会留下足迹的呀。

——嘿！这倒是条妙计。只要他留下了足迹，抓他也就不难。

——不知是否奏效。试试吧。

——我马上去办。（两人离去）

一群宫娥撒着细沙。

——好啦。全都撒过了。

——那边的角落还没有撒到。（撒沙）

——来，过廊里也要撒上一些。（众人离去）

两位青年坐在烛灯之下。

B　到那儿去，已经持续一年有余啦。

A　时光如梭。一年之前，我已厌倦了唯一存在和至善至美的说法。

B　如今，连"自我"一词的含义都已忘却。

A　我也是一样。早就告别了优婆尼沙昙[1]。

B　那时，我总对生死问题冥思苦想。

A　是啊。当时我们讨论的，都是自己的所思所想。说到思想，如今我等的言行，不知当作何解。

B　对呀。打那以来，我竟然从未考虑过死的问题。

A　说来，这也未尝不可。

B　那些问题，苦思冥想亦不得其解。执迷不悟岂非傻瓜？

A　可我们毕竟难逃一死呀。

B　一年两年，还死不了。

1　优婆尼沙昙（Upanisad），古印度哲学之根本，主张宇宙本质与个人本质完全一致。

A 但愿如此。

B 或许我们明日将死。可如果瞻前顾后，什么好事便都轮不到我们。

A 你这说法不对。如果整天预想着死亡，这种快乐还有什么意义？

B 我才不管什么意义呢，也没必要整日预想着死亡。

A 可这么活着，不是自欺欺人吗？

B 也是。

A 你可以不过这样的生活。你不也是为了摆脱欺罔，才像今天这样生活的吗？

B 不管怎么说，我如今可是没心情思索。你说什么就是什么吧。

A （露出哀怜的表情）听天由命吧。

B 别说这些没味的话了。天又要黑了，收拾收拾出门吧。

A 嗯。

B 去，把那件隐身斗篷给我拿来。（A 取过斗篷，交给 B。B 穿上斗篷，他的身影便消失了。只能耳闻其声）好了，走吧。

A　　　（穿上斗篷，同样消失了身影。仅闻其声）夜
　　　露降临了呀。

　　　黑暗。仅闻其声。

A 的声音　好黑呀。

B 的声音　你快一点。我都要踩到你斗篷的下
　　　　　摆了。

A 的声音　我听见喷泉的声音了。

B 的声音　嗯。我们已在露台之下了。

　　　暗光之中，女人们全部裸体，或坐姿，或站
姿，或睡姿。

　　　——怎么今晚还不来呢？

　　　——月儿都躲进了云层。

　　　——快点来吧。

　　　——平常这时候，就可以听见他们的脚
步了。

　　　——光听见声音，其实更急人。

——是啊。还得接触肌肤。

——开始还挺吓人的哩。

——我那天惊颤了一个晚上。

——我也是呀。

——他说"别怕"是吗?

——是啊是啊。

——可我还是害怕。

——生下他的孩子了吗?

——早就生下了。

——喜欢吗?

——孩子挺可爱。

——我也想做一回母亲呢。

——哎呀,烦死了,我可一点都不想做母亲。

——为什么?

——唉,你说讨厌不讨厌?我喜欢的只是男人的爱抚。

——那也难怪。

A 的声音 今夜华灯初上,你们的肌肤蠕动在青纱之中，真是美妙绝伦。

——啊呀！是你在那儿吗？

——到我这儿来嘛。

——今夜该到我这儿来呀。

A 的声音　你是戴着金手镯吗？

——是啊。你怎么知道的？

B 的声音　那算什么。你的秀发，发出素馨的

清香。

——呜。

A 的声音　你还是在颤抖呀。

——我高兴呀。

——到我这里来嘛。

——怎么还到你那儿去呢？

B 的声音　你的纤手多么柔软呀。

——你永远这样待我，好吗？

——讨厌！今夜为何不来爱我？

——别丢下我。好吗？

——啊！啊！

女人的声音渐渐变为轻微的呻吟，最后便无

声无息了。

　　沉默。突然大量的兵士持枪冲了进来。兵士的嘈杂声。

　　——这里有脚印！

　　——这里也有！

　　——看！往那边逃跑啦。

　　——抓住他！别让他跑了。

　　骚乱。女人尖叫着四处奔逃。兵士们循着足迹四下搜寻。灯光熄灭。舞台变暗。

　　A 和 B 身着斗篷出现。相反的方向出现一个男子，戴着黑色的面罩。

　　光线微暗。

A 和 B　请问来者何人？

男　子　你们不会忘记我的声音吧。

A 和 B　你是谁？

男　子　我是死。

A 和 B　你说什么？

男　子　我是死。

A 和 B 死？

男　子 不要大惊小怪。我过去存在，如今存在，将来也存在。说起来，能够称作"存在"者，舍我其谁？

A 那你来此做什么？

男　子 我要做的事情，从来只有一件。

B 你就是为此而来吗？啊？是不是为此而来？

A 噢，你是为此而来。我早就等着你呢。我们还是初次见面吧。来吧！索命来吧。

男　子 （对 B）你也在等着我吗？

B 不，我没有等你。我想活着。求你啦，让我再品尝一些生命的滋味好吗？我还年轻，我的血管里还流动着温暖的血液。求求你，让我再多少领略一些生命的快乐吧。

男　子 你也该知道吧，我是从来不听什么哀求的。

B （绝望的样子）那我是非死不可啦？呜

呼！我真的非死不可了吗？

男 子 你打记事的那天起，就已经形同死尸了。
能够仰望太阳时至今日，全是我的慈悲
赏赐。

B 那可不是我一人的过错。所有的人不都
是这样的命运吗？一出生即背负着死亡
的重负。

男 子 我说的可不是这个意思。在此之前，想
必你已忘记了我。你根本没有听到我的
呼吸。你果真浑然不知吗？你的初衷原
本是要打破所有的欺罔，获得快乐。然
而，你所获得的快乐不过是另一形式的
欺罔。在你将我忘却的日子里，你的灵
魂处于饥饿的状态。饥饿的灵魂总在寻
找着我。显然你想远离我，相反却将我
招到了身边。

B 呜呼哀哉。

男 子 我并非在毁灭一切，而是在孕育一切。
你忘记了，我是万物之母。忘记了我，

　　　　　也就忘记了生。忘记了生的人，只有毁

　　　　　灭一途可走。

B　　　　呜呼！（倒地而死）

男　子　（笑）愚蠢的家伙。（对 A）没有什么可

　　　　　怕的，到我的跟前来吧。

A　　　　我在等你。我不是一个懦夫，我不害怕。

男　子　你不是想看看我的面容吗？天就要亮了，

　　　　　你可以好好地看我。

A　　　　你就是这般模样吗？我没有想到，你的

　　　　　面容竟然这般美丽。

男　子　我并非来向你索命的。

A　　　　不，我一直在等你。除了你，我对世事

　　　　　一无所知。我留着这条性命也是白搭。

　　　　　你带我走吧，拯救我于苦难之中。

另一个声音　不得胡言！好好看着我的面孔。拯

　　　　　救你性命者，乃是你心中有我。然而，

　　　　　我未曾说过你的行为统统正确。你看着

　　　　　我的面孔。你明白你的错误了吗？从今

　　　　　往后，你能否好好地活着，全靠你自己

的努力。

A 的声音　　在我眼中，您的容颜愈发年轻。

另一个声音　　（静寂之中）天已放亮，你随我来，去到那无限的世界。

在黎明的光线之中，蒙着黑色面罩的男子与 A 一同走去。

五六个兵士在拖曳 B 的尸骸。赤裸的尸骸伤痕遍布。

——改编自《龙树菩萨俗传》

大正三年（1914）八月十四日

（魏大海　译）

火男假面

　　吾妻桥旁，许多人凭栏伫立。不时出现一个警察，对着人群叱责。可一会儿工夫，人群又聚集过来。他们来此，是为了观赏经过桥下的观花船。

　　观花船在退潮的河面上，由下游逆溯而上，每次只有一两艘。这种小船张着帆布的顶篷，挂着红白相间的横向条纹布帘，船头插着旗子，还有古朴风情浓厚的条状旗幡。船上的看客，似乎都是醉鬼。通过挂帘的隙间可以看到船上看客头上包着的手巾，有吉原式亦有米屋式的包法。他们有的正在"一啊二啊"地划拳，也有的歪着脖子痛苦地哼唱着什么小曲。那情形在桥上看客的眼中，真是非常滑稽。此种观花船配备有伴奏的乐队，通过桥下时，桥上发出了哄笑声。甚至听到有人喊道："傻瓜！"

从桥上望去，河面反射着太阳的光线，就像一块白亮的马口铁。河面时而飘过一团蒸汽，令河面更加炫目，仿佛在波纹上横添了一层镀色。在这样平和的水面上，伴随着欢畅的鼓声、笛声、三味线声，各类声响像虱咬一般令人刺痒。从札幌啤酒厂的砖墙上，到土堤的两侧，雾霭般的白色层层叠叠，绵延而去，那便是正值盛期的樱花。在观者云集的栈桥边，停泊着许多和式舢板与小艇。举目望去，大学的船库恰巧遮挡了阳光，好多船体黑黢黢地蠕动着。

又有一艘小船从桥洞下划出。显然也是观花的驿船，与先前通过的几艘小船别无二致。红白相间的帐幔旁，立着红白相间的旗幡，众人头上包裹着的纯色手巾将樱花染成了红色。船头的两三人交替摇动着船橹和竹篙，可是船速仍旧缓慢。帐幔之下坐着的观客，少说也有五十人。船过桥洞前，船上的两柄三味线演奏着《梅春》之类的曲目。一曲终了，一个男人突然在人群中跳起怪异的舞蹈。桥上的观客们哄然笑起来，人声鼎沸。听得受挤的孩子哇哇哭闹，也听见一个女人用尖利的嗓音喊道："瞧啊！有个人在跳舞呢！"船上，一个尖嘴猴腮的矮个儿男人戴着火男假面[1]，正伴着音乐入迷地舞动。

火男脱去了秩父丝绸的外褂，身上仅着一件花纹斑驳的长袖友禅丝染，艳美的内衫时隐时现。但见其黑八丈式的衣领皱巴巴地外敞着，紫色的博多锦带松松垮垮耷拉在身后，活脱脱一个醉鬼。他的舞蹈全无章法，只是像雅乐堂上的傻瓜一样摆弄姿势，重复着单调的手势。反正男人的舞姿，不断地显现出醉鬼的憨态，时而失去重心，仿佛随时要跌落下船舷，手足的舞动有助他恢复平衡。

男人的舞姿越发怪异。桥上一阵骚动，发出"噢噢"的呼喊。人们说笑着评头论足："看

---

1 嘟起嘴、歪向一边作吹火状的丑男面具，一般在田乐和猿乐的舞蹈中作为逗笑角色登场。

那舞姿，还真有两下子。""这小子哪儿来的？得意忘形了。""不过挺有趣的。瞧，跌跌撞撞的样子。""其实不戴假面跳舞更好。"——交谈的内容大致如此。

此时，或许是先前的酒劲儿顶上来，火男的舞步变得益发怪异。仿佛跟着不规则的metronome（节拍），观花客包裹着头巾的头颅，频频地探出船体之外。船尾的老大担心，两度大声地警示观客，可人们并不理会。

一艘江轮通过河面，劈出的波浪斜刺着滑过河面，剧烈地晃动着驿船的船底。只见火男那渺小的躯体，被波浪冲击后跟跄地向前扑了三步，好容易稳住了脚跟，又像骤然停止旋转的陀螺一般，在空中画了个大大的圆圈，呱唧一声四仰八叉地摔在了驿船之中。穿着老式针织细筒裤的两条干腿，高高地抛向空中。

桥上的看客见状，又哄然大笑起来。

刹那之间，船上的三味线琴杆亦折断了。由帐幕的间隙中望去，兴致勃勃的人们一会儿站起，一会儿坐下，醉醺醺地喧闹不已。之前的滑稽伴奏，此时悄无声息地戛然而止。只听见人们哇啦哇啦的喧闹声，这种嘈杂的喧闹令人难以想象。片刻之后，一个红脸男子从帐内探出头来，惊惶失措地挥动着双手，慌慌张张地对船老大述说着什么。不知何故，驿船倏忽间打满了左舵，船头向着樱花反向的山宿河岸驶去。

约莫过了十分钟光景，桥上的观客们才听到舞者骤逝的消息。更加详细的情况，刊载在翌日的综合新闻栏目中。舞者名叫山村平吉，骤亡的原因是脑出血。

山村平吉自父亲那辈起，就在日本桥的若松町开画具店。他现年四十五岁，留下一个满脸雀斑的干瘦婆娘和一个正在军队服役的儿子。日子过得虽然说不上富裕，但比起常人还算过得去，家里还有三四个雇工。据说，在日清战争[1]前后，

1　即中日甲午战争。

他家囤积过大量的秋田绿颜料。而此前，不过是一间老铺罢了，并不是叫得特别响的品牌。

平吉是个圆脸男人，头顶微秃，眼角挤满小皱纹，莫名其妙地给人一种滑稽的感觉。他对所有的人都谦恭有礼。说到嗜好，也就是喜欢喝酒。酒过之后，并没有过分的失态，只是醉酒之后有个毛病，总要癫狂般地手舞足蹈。按照山村本人的说法，以前浜町丰田的女主人学习神社巫女舞蹈时，自己也曾跟着练习。他说，当时不论在新桥还是在芳町，祭神乐舞都曾十分流行。当然他的舞蹈并不像他自吹自擂的那般神奇。说得不好听点是没章法，说得好听点倒也并不令人讨厌，居然还会跳什么喜撰[1]乐舞。其实这家伙心里特别明白，不喝酒的当口儿他从来不提祭神乐舞之类字眼。要是有人对他说："山村君，给咱跳一段吧。"他马上支吾打岔，借故溜走。但他只要稍稍沾上点儿酒，即刻便会将手巾扎在头上，嘴

1　喜撰，歌舞伎的舞蹈之一。

里哼着短笛和大鼓的调子，绷紧腰板，晃动肩胛，跳起他那火男假面的舞蹈。只要一跳起来，就会得意忘形，哪怕一旁并无三味线的伴奏或歌者的伴唱。

嗜酒的恶果则是几度中风跌倒，甚至一度昏迷。一次是在镇上的澡堂子里，平吉正用清水浇洗着身子，却"嗙"地跌倒在搓背的水泥台上。当时只是在他的腰部拍打，约莫十分钟后才苏醒了过来。第二次则是倒在家里的库房中。连医生都叫来了，忙活了半个钟头的光景，总算救了过来。每次出事，医生都再三嘱咐要禁酒。他在医生的面前决心挺大，掉过头便当作耳旁风。每次都是"就喝一盅"，可喝着喝着就没了谱。过不了半个月，不知不觉间又恢复到原先的酒量。说起来，他还感觉若无其事："啊呀，要是不喝酒，我这身子反而感觉不舒服。"

其实平吉饮酒，并不像他自己解释的，仅为一种生理需要。从心理方面讲，他同样离不开酒。

因为喝了酒，他便感觉增添了一股豪气，在任何人面前都不再唯唯诺诺，想跳舞时便跳舞，想睡觉时便睡觉，谁也管不着。对平吉来说，这是十分重要的一种感觉。可为何这般重要呢？他自己也搞不懂。

平吉只是感觉到，自己一醉酒，就全然变成了另一个人。当他胡乱地手舞足蹈一番，酒醒之后，熟人碰见他时会说："哎，昨晚跳得真棒啊！"此时的他顿时变得十分腼腆："醉醺醺的不成体统。我也记不得昨晚干了些什么。今天早晨睁开眼，好像做了场梦似的。"这瞎话编的，真是不高明。实际上，跳舞也好，睡觉也好，他心里都跟明镜似的。不过记忆中的自己和此时此刻的自己，简直判若两人。若问到哪个才是真正的平吉，他自己亦全然不晓。醉酒自然是一时的，多数时间应当是清醒的呀。是否清醒的平吉才是真正的平吉呢？奇怪的是，要想让他说出这个答案，简直是难上加难。因为令人感觉十分反常的时候多数都是在他醉酒之后。手舞足蹈算不得什么，他还糟践鲜花，挑逗女人，简直不可描述。他本人也认为，那不是自己正常时的所作所为。

据说有个双头神仙叫作 Janus[1]，无人知晓他真正的头颅是哪颗。平吉似乎就是这样。

就是说，平时的平吉和醉酒时的平吉迥然不同。也许在平常，像平吉那么会撒谎的人寥寥无几。平吉自己也常常这么认为。当然这绝不等于说，平吉撒谎是有什么关于得失的算计。他撒谎，但他几乎从未意识到自己在撒谎。谎话出了口，自然也会意识到不好。但在当时，他却全然没有预想到结果。

平吉不明白，自己好端端的为何非要扯谎。其实他并不想说谎。但是当他与人谈话时，谎言却自然而然地脱口而出。这种状况，并未给他带来什么痛苦。他也并不觉得自己干了什么坏事。于是每天，平吉还是在若无其事地说谎。

1　Janus（雅努斯），罗马文化中的的门神，有前后两个面孔。

平吉说过，十一岁那年曾在南传马町的纸店里做工。店里的老板执迷于大法华经。每天的一日三餐，他都要在饭前唱颂七字"南无妙法莲华经"。然而就在平吉来到店里的两个月之后，店里的老板娘却因一时冲动，穿着平素的衣服偕同店里的年轻伙计逃往他乡。纸店的老板信奉法华经，原本是为了一家的安稳，然而他的信念却没有发生任何效用。据说当时的家里真是炸了窝。老爷忙不迭地让学徒更换信仰，或将帝释天的佛座放入河中，或将七面大明神的神像放在炉灶里焚烧。

二十岁之前，平吉一直在这里帮佣。他时常将店里的账务置于脑后，独自溜出去玩耍。此间，他也曾有过令他颓丧的回忆。一个相好的女人拉他一同去殉情，结果他找了个借口溜之大吉。听说过了大约三天之后，那女人又跟一个装饰店的匠人殉情而死。说是因为相好的男人看上了旁的女人，气不过非要拉个替死的一块儿寻死不可。

到了二十岁，父亲过世了，他便跟纸店的老

板告了假，返回了家乡。半个月后的某一天，打老东家时代沿用至今的掌柜想请少东家帮忙写一封信。这掌柜五十有余，耿直本分，当时右手的手指受了伤，连笔都无法握住。他要写的只有一句："万事如意，近期前往。"收信人是位女性。有人打趣说："干吗躲躲藏藏的呀？"掌柜回答："这是老朽的姐姐。"过了三天，掌柜便将顾客打发到附近的店铺，离家出走了。打那之后竟杳无音信。查账的时候才发现，账面上出现巨大的亏空。信件自然是发给他那相好的女人的。而接手此等苦差的只有平吉这样的傻瓜……

这些统统都是谎言。平吉的一生除去这些谎言，想必便空空如也。

今日，平吉在町内的赏花船中，跟伴奏的哥们儿借来丑陋的假面，登上船舷，像往日一样卖力地舞蹈起来，接着便像前面写到的那样，舞蹈中途跌入船内猝死。船上的人们都吓坏了。而受到最大惊吓的是一位清元净琉璃的师傅，平吉的躯体竟然坠落在他的头顶上，接着又从他的头顶上滚落到摆放紫菜卷和煮鸡蛋的红毛毡上。町里的一个长者以为平吉又在胡闹，发自内心地忠告说："不要胡来。真要摔伤了怎么办呢？"而平吉却一动不动。

此时，长者身旁的理发匠老爹感觉有些不对劲儿。他用手拍拍平吉的肩膀，呼唤道："哎！你醒醒……醒醒呀！……怎么啦？"可是平吉却没有任何反应。握握他的手，冰凉。老爹和长者合力抱起平吉，人们脸上露出不安的表情，纷纷围拢到平吉的身旁。"哎！你怎么啦？……你……醒醒呀……"理发匠老爹的呼唤变成了尖利的叫喊。

假面之下，一个微弱的声音传到老爹的耳中。那声音微弱得像呼吸："假面……把假面……拿下来。"长者和老爹颤抖着双手取下了他的手巾和假面。

然而假面下平吉的面容，已经和往日截然不同。小个儿的鼻子塌陷着，嘴唇失去了血色，苍白的脸上流着油汗。一眼看去，谁还能想到这就

是那个说话风趣、充满滑稽魅力的平吉呢？永远
不变的只是那具丑陋的假面。红毛毡上，尖嘴猴
腮的假面横置在人们之间，用一副懵懂的神态仰
视着平吉的面容。

大正三年（1914）十二月

（魏大海　译）

仙

人

上

故事的年代不详。中国北部城市间有个走街串巷的街头艺人，名叫李小二。他的营生是老鼠戏，因而所有家当只是一个装着老鼠的口袋、一只装有戏装和面具的箱子，外带一架临时性的小舞台。

遇上好天气，他便来到十字路口这种人来人往的地方，肩上扛着他的那架小舞台，然后敲起鼓点，唱起戏来。城里的人们爱看热闹，大人、孩子们听见声响，便纷纷聚近前来。不一会儿，观者便围起了一堵人墙。李小二从口袋里取出一只老鼠，给它穿上戏装，戴上面具，然后令其由舞台的暗道里登场。老鼠似乎早就习以为常，它急匆匆地走上舞台，将那丝绢一般闪亮的尾巴煞有介事地晃了晃，然后小心翼翼地仅用两只后足站立起来。印花布装下露出的两只前足，翻出的脚掌微微泛红……这只老鼠出演的部分，不过是整段老鼠杂剧中的楔子。

观客里的孩子可高兴了，一开场便拼命地鼓掌，大人的脸上却没有表情。这种破戏有什么看头？有人冷冷地叼着大烟袋，有人则一根一根地揪扯鼻毛，反正多以轻蔑的表情，凝视着舞台上来去回旋的老鼠角色。伴奏的戏曲时而变换，各式鼠角儿纷纷由暗道登场。有穿着锦缎碎片衣装的正旦，也有戴着黑色假面的净角。它们一面翻转腾跃，一面伴着李小二的唱词与道白，做出各式各样的动作。此时，观者的兴头儿总算提了起来，周围人群中有人发出"好！好！"的叫喊声。还有人喊道："大声唱！"李小二这才化了装，敲着急促的鼓点，指挥所有的鼠角儿登场。"沉黑江明妃青冢恨，破幽梦孤雁汉宫秋"的破题唱词一出口，舞台前面的那只破盆中，眼见着便堆满了铜钱……

　　然而靠这种营生糊口绝非易事。遇上十个八个阴雨天，就得饿肚子。夏天的麦熟时节之后，时常就进入降雨期。那些小戏装和面具，不一定何时便会霉点斑斑。冬天时而刮风时而下雪，生意也会经常泡汤。遇上这些倒霉的时候，小二也想不出什么办法，只好窝在阴暗的客栈角落里，守着那帮老鼠排遣郁闷。这种不安定的流浪生活，他早已过得不耐烦。小二共有五个鼠角儿。他将自己家人的名字，分别安在了五个鼠角儿身上。其中有父亲、母亲、妻子和两个不知去向的儿子。这些小鼠角儿有时一只只爬出口袋，在没有炉火的房间中战战兢兢地走动，或由小二的足尖爬上膝盖，做着危险的杂技动作，且用小玻璃球似的黑眼睛望着主人的脸。此时此刻，即便是饱经风霜的李小二，也免不了热泪横流。但更多的时间，他无暇顾及那些可怜的鼠角儿。他要惦记着明日的生活，也会常常因为排解心事，产生莫名其妙的怨恨与烦躁。

年龄日增，身体也是每况愈下，哪儿还有力气去做其他生意呢？就连曲调长的戏词，他都唱得上气接不了下气，嗓音也不如过去那般清亮。这种状态下，谁能担保不出问题呢？……这种不安仿佛中国北方的冬天，在凄惨的艺人心中隔断了仅有的阳光和空气，也将最终仅有的一线希望残忍地掐断了。他只希望像普通人一样地活着。活着为何这么苦？这么苦为何还要活着？当然李小二从来没有考虑过这样的问题，但他仍旧感觉这种苦难是不公平的。他在无意识中，憎恨那种苦难的根源……实际上他并不知道根源在何处。也许，李小二那种漠然的、反抗一切的情绪，正是他无意识中的憎恨之源。

尽管如此，李小二仍像所有的东方人一样，不愿在命运的面前屈服。一个风雪之日，小二在客栈的居室中饥肠辘辘。他对五只老鼠说道："忍着吧。我也是腹中空空。多么寒冷的天气。反正要想活着，就得受苦。没什么奇怪的。其实，我们人类比你们鼠类，苦难更加深重呀……"

中

雪日的天空阴沉沉的。不知不觉间，下起了夹杂着雪花的寒雨。一个酷寒的冬日下午，狭窄的小路上泥泞没胫，李小二走在卖艺的归途上。他肩上挎着装有老鼠的口袋，可怜的是忘记了带伞，浑身上下淋了个透湿。这里已经没有道路，处于城市的边缘。然而路边突然出现了一座小小的破庙。这时候，雨雪下得更大了。小二抱紧肩膀往前走，鼻尖上滴着水珠，雨水顺着衣领往里流，已然走投无路。恰巧此时出现了小庙，他便慌不迭地跑到了屋檐下。他擦了擦脸上的雨水，挤了挤湿透的袖口，总算松了一口气。他抬头望了一眼庙上的匾额，但见写有"山神庙"三字。

他走上入口处的几级石阶，山门虚掩，看得见庙内的景象，里面不像他所想象的那般宽敞。

正面的一尊金甲山神，尘封于蛛网之中，漠然地等候夜黑。山神右边是一判官，不知是何人作孽，判官没了头。左边是一小鬼，绿面朱发，面相狰狞，小鬼则没了鼻子。在神像前面布满灰尘的供案上，堆放着许多纸钱，昏暗的光线中难以分辨其本色。小二根据那微微的闪亮，料想有金纸还有银纸。

小二看到的只有这些。随后他的视线由庙内转到了庙外。适逢此时，刹那之间，堆积的纸钱中出现了一个人形。实际上，那个人原本就蹲在纸钱之中，只是小二的眼睛刚刚适应了昏暗的光线，才突然看见罢了——小二就觉得，那人是突然由纸钱堆里钻出来的。小二感觉毛骨悚然，他战战兢兢地以一种似看非看的表情，无言地窥视着那个人。

那是一个丑陋的老人，身着肮脏的道袍，头发乱得像鸟巢。（李小二心想，哈哈，原来是个叫花子道士呀！）道士的双手抱住自己瘦削的膝盖，并将生着长须的下颌抵在膝盖上。他睁着双眼，却不知看着何方。他的道袍也是湿漉漉的，显然也被雨雪淋过。

李小二见到那个老人，只觉得应当凑近前去与之搭话。理由有两个，一是看见老人淋得像个落汤鸡，同情之心油然而生；二则出于人情世故，不知何时养成了主动问候的习惯。也许，这里或多或少还有另一个原因，即要努力忘却起初认为老人令人生惧的那般心情。于是李小二近前搭话说：

"这天气真是恼人咧。"

"是啊。"老人自膝盖上抬起下颌，总算仰脸望了望小二。他夸张地扇动了几下鸟喙一般弯曲的鹰钩鼻，紧蹙着双眉，望着李小二。

"像我这样的生意人，遇上下雨天，真是哭都来不及。"

"哦，你做的什么生意？"

"耍鼠戏的。"

"这活儿没怎么听说过呀。"

两人就这样一问一答地聊了片刻。说话间，老人亦由纸钱堆中站起身，和小二一起坐在了庙门前的石阶上。此时，他的容颜变得清晰可辨，给人的感官冲击却更加强烈，他简直算形容枯槁。即便如此，小二仍旧感觉遇见了谈话的知己。他将口袋、道具箱等往石阶上一搁，就像与同辈人一样，聊起了种种话题。

道士寡言少语，半天也没一句应答。每次张口都是"是吗""是啊"的简略短句。没了牙齿的嘴巴吧唧吧唧地蠕动，仿佛在咀嚼空气。只见他牙根近旁脏兮兮的黄胡子随着咀嚼上下活动，那模样简直丑陋不堪。

李小二觉得，和这个老道士相比，自己无论从哪个方面讲，都是生活优越者。当然，这种感觉也令他愉快。与此同时，李小二又莫名其妙地感觉到，自己内心的这种优越感中也带着对老人的歉疚。歉疚的心情令李小二有意将话题转移到自己的生活苦难上，且将那般苦难故意夸大。

"真的，我的生活苦不堪言，经常都是一日三餐没有着落。最近我常常苦苦思量，真的是我在让老鼠演戏，给它们饭吃吗？还是老鼠戏子们在支配着我，以我来谋生呢？实际上是它们在'吃'我呀。"

李小二心中怃然，自己居然连这样的话都说了出来。然而道士的表情却毫无变化，仍旧是默然无语。小二此时的神经已大大松弛下来。师傅，你是否感觉我说的事情恍若隔世？我是否多嘴多舌啦？也许不该说这些——小二在心中这样责怪自己。他偷偷地用余光瞟了一眼老人，只见道士的脸庞朝着和小二相反的方向，盯视着庙外的雨中枯柳，且用一只干手不断地梳理自己的长发。无法看见他的面容，但那副姿态似乎表明，他早已看透了小二的心思而不屑于搭理。想到这儿，小二感觉到些许不快，当然更多的是对于自己的不满。自己竟然无法充分地表达自己的同情之心。接下来的话题转到年内秋季的那场蝗灾。他是想由本地遭受的惨重灾害，说到所有农家的贫穷与困苦，进而证明老人的穷苦状况并非个案。

话才说了一半，老道士转过头来看着李小二。他那皱纹叠合的脸部肌肉给人以紧张之感，仿佛在抑制自己的荒诞。

"你说这些，是在同情我吧？"老人说完，到底憋不住，放声哈哈大笑起来。那笑声尖利、嘶哑，像乌鸦的叫声。"我哪里是缺钱花的人哪？你要是需要，你的生活费用我可以给你呀。"

小二的话说至半道儿，只是茫然，望着道士的面容。"这家伙是精神病？"小二哑口无言地愣了片刻，心中总算得出了这么一个结论。然而这个结论很快就被老道士之后的话语摧毁了。

"你要多少？一千镒[1]？两千镒？我现在就可以给你。其实呀，老朽并非凡人。"老人简略说着自己的经历。他说自己原是某地城镇的屠夫，偶遇吕祖，转而修道。说完道士静静地站起身来，走进庙中。他一只手召唤着小二，另一只手将地上的纸钱拢归一处。

李小二此时仿佛失却了五感，木然地跟随着走进庙中。地上全是老鼠的粪便与灰尘，小二双

---

1 镒，秦始皇时期的通用货币，有说法是二十两或二十四两为一镒。

手着地匍匐着，抬起头仰视着老道的面容。

道士痛苦地伸展着弯曲的腰肢，用双手将拢在一处的纸钱从地面上捧了起来，然后用两只手掌搓揉着，迅疾地撒在脚下。只听得叮叮当当一阵响，瞬间压住了庙外的寒雨声。撒下的纸钱在离开双手的瞬间变成了无数的金锭和银锭……

李小二在这钱雨之中，一动不动地趴在地上，始终木然地仰望着老道的脸庞。

下

李小二意外成了陶朱之富[1]。时常有人怀疑仙人的存在，每逢此时，小二便将当时老人写下的四句箴语展示出来。记得在很久以前的哪本书中见过这几句话，遗憾的是作者忘记了原本的说法，只有将中文大致的意思翻译成日文，并将它作为

1　陶朱之富，指累积财富可比陶朱公。陶朱乃历史人物范蠡。

这个故事的结尾。据说这也是李小二探寻的一个问题——仙人为何扮作乞丐。

"人生有苦当求乐，人间有死方知生。脱得死苦太平淡，凡人面之胜仙人。"

或许，仙人乃是留恋人间的生活，才特意四处漫游，自寻苦难。

大正四年（1915）七月二十三日

（魏大海　译）

罗生门 1

1 罗生门，由日本平安京、平城京时代罗城门演化而来的称谓。

某日黄昏，一个仆人在罗生门下避雨。

宽阔的罗生门下，仆人孤零零地伫立着。粗大的门柱朱漆斑驳，柱上趴着一只蟋蟀。罗生门位于朱雀大道。路上三三两两尚有几人，有的头戴遮雨的仕女斗笠，有的顶着揉乌布帽[1]。可罗生门下唯有仆人。

两三年来，京都的灾害连续不断，地震、狂风、大火、饥馑，搞得京都城里异常凋敝萧条。据说许多佛像、佛具已被砸碎，涂着朱漆或镶有金箔银箔的木料堆积路旁被当作柴火卖。京都城里都是这副模样，罗生门的修缮当然不会有人顾

及了。罗生门的荒敝倒是便宜了狐狸，它们开始于此做窝。盗匪也会不时地来此落脚。末了人们还养成了一个习惯，但凡遇见无人认领的死尸，便会弃置在罗生门下。现如今太阳下山之后，给人阴森可怖的感觉，便不会有人到罗生门一带行走。

相反，大群的乌鸦不知由何处汇聚于此。白天，无数的乌鸦在空中盘旋，围绕着罗生门的鱼尾檐饰飞翔，嘴里嘎嘎叫个不停。而在映红罗生门天空的晚霞中，一只只乌鸦显现得清晰可辨，仿佛天幕上撒下的一把芝麻。当然，乌鸦是来啄食门楼上死人肉的……今日天色已晚，都看不见一只乌鸦踪迹，只有那崩塌的间隙里长满青草的石阶上，点点斑驳地粘着许多乌鸦的粪便。石阶共有七层。仆人将褪色的藏青色袄襟垫于身下，坐在最高一层的石阶上。他带着木然的表情凝望着雨幕，无所事事，且轻轻用手摩挲着右侧脸庞上生出的面疱。

虽然作者写道"仆人在等雨停"，而此刻即便雨已停下，仆人仍旧不知该何去何从。若是平常，他自该回到主人家中。可是，四五天前自己已被主人扫地出门。如前所述，当时的京都城里凋敝不堪，眼前这仆人被侍奉多年的主人辞退，也是京城凋敝的小小余波。所以，与其说"仆人在等雨停"，不如说"困顿雨中的仆人无处投身，穷途末路"。且今日的天空景象，也大大影响了这平安朝[1]仆人的 sentimentalisme（法语：感伤）。起于申时的降雨仍无停息迹象。仆人此时烦心的，乃是明日的生计。就是说，在这种走投无路的境况下，总得想个办法才是呀。仆人不着边际地胡思乱想，神情恍惚地听着朱雀大道上没完没了的雨声。

大雨笼罩着罗生门。雨声哗哗地由远及近，令人心烦。晚霞渐渐压低了天空。仰脸望去，罗生门斜刺着探出的屋檐支撑着沉重、黯淡的阴云。

1　平安朝（794—1192），建都于平安京（即京都），是日本古代政治、文化极其辉煌灿烂的一个历史时代。元庆（877—885）、仁和（885—889）约为平安前期。

穷途末路中只想着摆脱困厄，哪还顾得上选择手段？挑三拣四，就只有饿死在墙边或路旁，或被抬到罗生门，像野狗一样被人丢弃。仆人的思绪在相同的路径中徘徊，最终撞入了逼仄的窄巷。假定，永远是假定。仆人似已肯定了所谓的不择手段，但要确认假定的方向，他还缺乏勇气。自己将于"无奈之中沦为盗匪"？他不敢做出积极的肯定。

仆人打了个大大的喷嚏，而后无精打采地站起身。京都晚间寒冷，已经到了围聚火盆的季节。薄暮之中，寒风在罗生门的门柱间无情地穿行。栖息于红漆门柱上的蟋蟀，此时已不知去向。

仆人的藏青色外套里，是一件棣棠花纹样的汗衫。他紧缩脖颈，高耸双肩环顾着罗生门四周。他多想找一个避风雨、没人烟的地方，舒舒服服地睡上一晚。倘可如愿，他要一觉睡到天亮。说来也巧，他突然看见了登上罗生门楼的梯子。梯子很宽敞，上面也涂有红漆。仆人心想，上面即便有人，也净是些死人。他紧握鞘内的圣柄[1]太刀，穿着草鞋的双脚迈向了楼下的第一级阶梯。

须臾，在通向罗生门楼上的宽阔楼梯中段，一个男人猫似的蜷身屏息，窥测着楼上的状况。楼上泄露的火光，令男子右侧的脸庞微微濡湿。生着短硬颔须的脸庞上，泛现出面疱红色的脓肿。仆人方才有些掉以轻心，他以为楼上只有死人，而登上了几级阶梯才发觉，楼上有人点着灯火。火光不住地四下晃动。昏黄、浊暗的烛光闪烁着，照亮了蛛网密布的天花板角落。无可置疑，在这样一个风雨之夜，来罗生门城楼点燃烛光者，定非等闲之辈。

他像壁虎一般蹑手蹑脚，总算爬上了陡峭楼梯的最高一级。他竭力猫低腰，抻长脖子，战战兢兢地窥望楼内。

果不其然，正像外面传说的，楼上乱七八糟地抛弃着许多尸骸。火光照见的地方异常狭小，

1　用唐木材料制作的没有装饰的刀柄。

看不清到底有多少尸体。朦胧之中可以断定的，只是它们有的裸体，有的着衣。当然有男也有女。仆人疑惑地观望着，甚至不能判定这些尸骸曾经有过生命。尸骸横七竖八地被丢在地板上，就像一堆泥土捏成的玩偶，有的张大了嘴巴，有的高举起双手。朦胧的火光照耀在肩膀、胸脯等高耸部位，低平部位则益发暗郁，像哑人一样持续在恒久的静寂中。

尸骸散发出腐烂的恶臭，仆人不由得捂起鼻子。可刹那之间，他又忘了捂鼻子。一种异常强烈的情感，仿佛完全剥夺了仆人的嗅觉。

突然，仆人看见尸骸中蹲着一个人，一个白发老妪，瘦骨嶙峋，身材矮小，身着丝柏皮色衣物，像是一只猴子。老妪右手持着点燃的松枝，直勾勾地注视着一具死尸的脸庞。那死尸头发很长，像是一具女尸。

仆人揣着六分恐怖四分好奇，一时间忘却了呼吸。借用一位旧时记者的形容，那感觉真是毛骨悚然。老妪将松枝插在地板缝隙间，双手捧起眼前的尸骸脖颈，像母猴在为小猴捉虱子，一根一根地顺势揪拽长发。

看着老妪揪拔头发的模样，仆人心中的恐惧竟也渐渐地消失了。与此同时，仆人心中一点点积累起对老妪的强烈憎恶——不对，说是憎恶老妪或许不太准确。毋宁说，那是与时俱增的、对于所有邪恶的强烈反感。仆人伫立门下时苦思冥想的，是或饿死或为盗的抉择。然而此时再要选择，仆人将毫无迟疑地选择饿死。仆人憎恨邪恶的心情，就像老妪插在地板上的松枝熊熊地燃烧起来。

仆人并不知晓老妪为何要揪拔死尸头发，自然也无法合理地辨其善恶。仆人只是觉得，在这风雨之夜的罗生门上揪拔女子头发，肯定是无法容忍的一种邪恶——仆人早已忘记自己也曾打算去做强盗呢。

突然间，仆人的两腿一使劲儿，便由楼梯跃上了顶层。他手握圣柄太刀，大步走到老妪身旁。老妪自是大吃一惊。

看见仆人，老妪仿佛惊弓之鸟跳将起来。

"老东西！哪里跑？"

老妪惊慌失措中被死骸绊了一下，爬起身又要逃。仆人挡住老妪去路。老妪推开仆人，试图脱身。仆人再次挡住通路，将老妪推回原处。两人在尸骸中一言不发地扭打了片刻，胜负了然。仆人一把抓住老妪的手腕，粗鲁地将她扭倒在地。那手腕细得皮包骨头，像一根鸡爪。

"你在干什么？说！再不老实，当心这……"

仆人松开老妪，"噌"的退去了刀鞘，将白色的钢刃逼放至老妪眼前。老妪一言不发，双手哆嗦，浑身战栗，且耸动肩膀喘着粗气。她瞪大了两眼，像个哑巴似的拒不回答，两只眼球像要掉出眼眶。眼前的这般状况，令仆人明确意识到，自己的意志完全支配着老妪的生死。这种意识使此前熊熊燃烧的憎恶无形间冷却下来，余下的只有圆满完成一项工作后的坦然、得意和满足。仆人俯视脚下的老妪，语调稍微变得柔和了些。

"我不是衙门差役，正好路过罗生门。你放心，我不会用绳子把你捆到官府里去。但你必须告诉我，你在罗生门上干的是什么营生。"

听了这话，老妪圆睁的双眼瞪得更大了。她直勾勾地瞅着仆人的脸庞，眼眶是红色的，尖利的目光像只食肉恶鸟般逼人心魄。她的脸上满是皱褶，和鼻子几乎连为一体的嘴唇咀嚼似的嚅动着，细长脖颈下的尖耸喉结也在运动。老妪喉咙里喘出粗气，昏鸦嘶鸣似的声音传到了仆人耳中。

"我揪这头发，揪这头发，是用来做假发。"

仆人没有想到老妪的回答如此平常，不由得感觉失望。在感觉失望的同时，先前的憎恶连同冰冷的轻蔑，又兜上了仆人心头。仆人的脸色变了。老妪也看在眼里，她一只手仍旧握着死尸头上揪下的头发，嘴里像蟾蜍一样咕哝着。

"当然啦，揪死人头发也许是作恶。但是揪罗生门上的死人头发，有何相干呢？就像刚才被我揪下头发的女子，什么坏事没干过哪？她将死蛇切成四寸一段，晒干后说是鱼干，卖到武士阵前。要不是得了瘟疫送了命，她如今还在干那营生。武士们都说女子卖的鱼干味道鲜美，是不可多得的食材。其实我并不以为那女子做的营生有什么不好。那也是没有办法呀，总比饿死了好吧。我也不觉得自己做了什么坏事。不这样，我也就只有等着饿死啦。我想那个女子心知肚明，我这样做全是出于无奈，所以她会原谅我的。"

老妪嘟嘟囔囔说了这些话。

仆人将大刀插入鞘中，左手按着刀柄，冷冷地倾听老妪述说。当然他的右手挡在赤红的面颊上，不想让人看见鼓起脓疡的大面疱。听着听着，仆人的心中鼓起了勇气。方才于罗生门下，仆人缺少的正是此般勇气。这勇气比之方才爬上顶楼捕捉老妪的勇气却是截然相反。仆人已不再为饿死、为盗的两难选择而烦恼，在他此时的心情或意识中，饿死的选择已完全被剔除在外了。

"别无选择了吗？"

老妪说完之后，仆人带着嘲弄的口吻问道。他往前走了一步，右手突然离开了面疱，一把揪住老妪的衣襟，凶狠地说道：

"那我要剥去你的衣服，你不会怪我吧？要不这样，我也会饿死的呀！"

仆人三下两下揪下了老妪的衣物，将踉跄的老妪一脚踢进了死骸堆中，然后三步五步跨到楼梯口，将丝柏皮色的衣衫夹在腋下，跃入陡梯下的夜幕之中。

过了一会儿，仿佛死人一般的赤裸老妪从死骸堆中爬起身来，口中发出呻吟。火光仍未熄灭。老妪在火光中爬至楼梯口，白色短发倒悬梯旁，窥测着罗生门下一片黑洞洞的夜幕。

仆人的去向无人知晓。

大正四年（1915）九月

（魏大海　译）

鼻
子

　　说起禅智内供[1]的鼻子，池尾一带无人不晓。它足有五六寸长，从嘴唇上方一直垂到下巴，上下一般粗，酷似一根细长的香肠从脸庞的正中间耷拉下来。

　　内供已经年过半百。从当小和尚开始，一直到升任内道场供奉的今天，这个鼻子始终是他的一块心病。当然，表面上还要装出一副若无其事的样子。这倒不仅仅因为他觉得自己应该是一个一心向往来世净土的僧侣，不能把鼻子的事情放在心上，其实是不愿意别人知道自己一天到晚对鼻子耿耿于怀。平时谈话，他最怕提"鼻子"

1　禅智，民部少辅行光之子。内供，即内供奉僧。广义指被选拔侍奉宫中内道场，担任法会、讲经等职责的十个高僧。

二字。

内供讨厌鼻子有两个原因：一个是鼻子长，的确不方便。首先，没法一个人吃饭。一个人吃饭，鼻尖就会杵到饭碗的米饭里。于是，内供吃饭的时候，就让一个徒弟坐在矮餐桌对面，用一块大约两尺长一寸宽的木板把自己的鼻子托着掀起来。但这么个吃法，无论对徒弟还是对内供，都绝非轻而易举之事。有一次，一名中童子[1]替那个徒弟来托木板，不料打了个喷嚏，拿着木板的手一抖，内供的鼻子便掉进粥里。这件事还传到了京都。不过，这还不是内供为鼻子苦恼的主要原因，他真正痛苦的是，鼻子使他的自尊心受到了伤害。

池尾町的人都说禅智内供幸亏离俗出家了，长了这么一个大鼻子，哪个女人肯嫁给他啊。甚至有人妄加推测，说内供就是因为这个鼻子才出家的。但内供并不觉得自己当了和尚，就减少了几许鼻子带来的烦恼。内供的自尊心取决于最后

1　中童子，在寺院打杂的十二三岁的儿童。

那个结果——能否娶上妻子。他显得格外敏感。为此，他打算从积极和消极两方面恢复受到伤害的自尊心。

内供首先想到的方法，是让别人眼中的鼻子显得比实际小一点儿。于是没人的时候，他就对着镜子，从各个角度反复照看，细心琢磨。有时觉得光是变换脸的位置还不够理想，便一会儿支起腮帮，一会儿托着下巴，不厌其烦。但不论怎么摆弄，鼻子看起来都没有缩短到让他满意的程度。他有时甚至觉得，越是煞费苦心，鼻子反而看上去显得越长。每当这个时候，内供就把镜子放回匣子里，无奈地叹口气，不情愿地回到桌旁开始诵读《观音经》。

内供还不断注意别人的鼻子。池尾寺是僧侣经常讲经的地方，寺院里僧房鳞次栉比。僧人每天都在澡堂里烧水。所以到这里来的僧人和俗人形形色色，什么人都有。内供耐心地观察他们的脸，若是发现有一个人长着和自己一样的鼻子，心里便稍微得到一点儿安慰。在他眼里，根本就没有什么深蓝色绸衣或白麻单衣，对平时看惯的橘黄色帽子和深灰色袈裟更是视若无睹。内供不看人的模样，只看鼻子。可他看来看去，鹰钩鼻子倒是有，像他这样的鼻子却一个也没发现。每每如此，他心里就逐渐气恼起来。心中不快，他才会一边与人说话，一边不由自主地捏着垂下的鼻头，没有出息地满脸涨红起来。

最后，内供甚至想从佛经以及其他书籍里寻找出一个长着和自己一样鼻子的人物，也好排遣一下心头的苦闷，但却没有一部经典记载目犍连和舍利弗[1]是长鼻子。当然龙树马鸣[2]两尊菩萨的鼻子也和常人没什么两样。内供听别人讲中国的故事，听到蜀国的刘备长耳垂肩，心想那要是鼻子的话，自己将会得到多大的宽慰啊。

内供一面这样费尽心机地采取消极的方法，同时自不必说，一面也采取积极主动的方法。他试图缩短鼻子，几乎试过了所有的方法。他喝过

1　目犍连、舍利弗，释迦牟尼的高足。

2　龙树，大乘佛教中观学派的倡导人。马鸣，大乘佛教的理论家。

王瓜汤，还往鼻子上抹过耗子尿，却统统都不管用，那个五六寸长的鼻子依然故我，照样耷拉在他的嘴唇上面。

一年秋天，内供的弟子上京都办事，想起内供之事，便从一位认识的大夫那里讨到一个缩短鼻子的秘方。那位大夫来自中国，当时在长乐寺当供僧。

内供照样装出一副对鼻子满不在乎的样子，故意不说要马上试试这个办法，可又以漫不经心的口气说，每次吃饭的时候总要麻烦弟子，心里过意不去。他内心是盼望弟子劝说他试一试这个方法。弟子也明白内供的苦心，虽然有点儿反感，但内供的策略毕竟赢得了弟子更多的同情。弟子终于开口，极力劝说内供试用此法。内供也在弟子的热心劝说下表示了同意。

这个秘方其实非常简单：先把鼻子泡在热水里，然后让别人用脚踩。

寺院的澡堂每天都烧水。弟子立刻到澡堂提回来满满一桶烫得伸不进手的热水，但是这样把鼻子直接放进去，弄不好蒸汽会烫伤脸。于是便在木托盘上开了个窟窿，盖在水桶上，鼻子从窟窿眼儿伸进热水里。鼻子这样泡在热水里，竟然一点儿也不觉得烫。过了一会儿，弟子说："烫好了吧？"

内供不由得苦笑一下。他想，光听这句话，恐怕谁也想不到说的是鼻子吧。鼻子被热气一蒸，像被虱子咬一样发痒。

内供刚把鼻子从木托盘的窟窿里抽出来，弟子就开始两脚用力地踩踏这热气腾腾的鼻子。内供侧身躺着，鼻子摊放在地板上，看着弟子的两只脚在自己的眼前不停地上下踩踏。弟子的脸上不时露出愧疚的神色，低头看着内供的秃顶，说道："痛吗？大夫说要使劲踩，可是……痛吧？"

内供想摇头表示不痛，可鼻子被弟子踩在脚底下，脑袋瓜动弹不得。他只翻开眼睛，看着弟子皱裂的脚，用气鼓鼓的声音说："不痛。"

其实鼻子发痒的地方被踩，感觉还挺舒服。

一会儿，鼻子上出现了许多小疙瘩，整个

形状活像一只被拔了毛准备烧烤的小鸟。弟子见状，停止踩踏，自言自语般地说："大夫说要用镊子拔。"

内供似乎不高兴地鼓起腮帮，一声不响地任凭弟子摆布。他心里当然明白弟子是出于一番好意。可不管怎么说，自己的鼻子像一个物件似的由别人随意摆弄，心里总是不愉快。就像自己信不过的医生给自己动手术一样，内供显出极不情愿的表情，看着弟子用镊子从鼻子的毛孔里取出脂肪。脂肪的形状像鸟的羽茎，拔出来大约有四分长。

拔过一遍，弟子舒了一口气，说道："再烫一次就好了。"

内供依然皱着眉头，满脸不悦，却也只好依着弟子。

第二次烫过以后，抽出来一看，果然短了，和一般的鹰钩鼻没什么差别。内供一边摸着缩短的鼻子，一边不好意思地用弟子拿来的镜子打量自己。

　　鼻子——原先耷拉到下巴的长鼻子，现在萎缩到上唇以上，苟延残喘着，简直令人不敢相信。鼻子上满是红斑，大概是踩踏的痕迹吧。这样子，就不会有人再嘲笑自己了。镜子里面的内供看着镜子外面内供的脸，满意地眨了眨眼睛。

　　但是，内供那一天心里还是惴惴不安，担心鼻子又会变长。不论读经的时候，还是吃饭的时候，一有空就悄悄伸手摸摸鼻头，他发现鼻子规规矩矩地待在嘴唇上面，并没有垂下来的迹象。睡了一宿，第二天一早醒来就摸鼻子。鼻子安然无恙，还是那么短。内供的心情就像花费了几年工夫抄写《法华经》大功告成那样舒畅高兴。

　　可过了两三天，内供发现了意想不到的情况。一个武士有事到池尾寺来，和内供见面的时候，他的表情非常奇怪，话也没说几句，只是目不转睛地盯着内供的鼻子。不仅如此，曾经让内供的鼻子掉进稀粥里的那个中童子在经堂外面遇见内供后，起先低着脑袋使劲儿忍着笑，最后终于憋不住，"扑哧"一下笑出声来。还有，内供对小和尚们吩咐事情，他们当面毕恭毕敬地听着，但只要内供转过头去，马上就能听到窃窃低笑声。这种情况不止一次两次。

内供起先以为是因为自己变了个模样，后来觉得不仅仅是这个原因——当然，中童子、小和尚发笑肯定有这个因素。不过同是笑，总觉得与长鼻子时期不尽相同。看惯了长鼻子，短鼻子一下子还没习惯，便觉得滑稽。这种解释似乎还不能令人信服。

内供读经，常常刚开始读就又停下来，歪着秃顶，自言自语道："以前可没有笑得这么露骨啊。"

每当这个时候，这位可爱的内供总是呆呆地凝视着挂在一旁的普贤菩萨画像。想起四五天前还是长鼻子时的情形，颇有"今朝冷清叹沦落，昔日荣华空相忆"之感，心情极度郁闷。可惜内供没有足够的智慧解开这个疑团。

人心总是存在两种互相矛盾的感情。当然任何人对别人的不幸都有同情之心。而一旦不幸的人摆脱了不幸，旁人又会觉得若有所失。说得夸大一点，甚至希望这个人重新陷入和以前同样的不幸。不知不觉间，就会对之产生某种消极的敌意。

内供这样想着，虽然不明白什么缘故，但从池尾寺僧人和诸白衣的态度里，他感觉到旁观者的利己主义，心里很不痛快。

于是内供的脾气一天比一天坏，不管对什么人，没说上两句话，就横眉竖眼地斥责对方。最后连给他治疗鼻子的那个弟子也在背后说："内供将来要遭刻薄罪报应的。"最让内供恼火的是那个可恶的中童子。有一天，内供听见外面狗的狂吠声，悄悄走出来一看，只见中童子手里挥舞着二尺长的木板，追打一条很瘦的长毛狮子狗。要是光追打也就罢了，他一边追一边嘴里还念叨着："不打鼻子，嘿，不打鼻子！"内供见状，气得一把夺过中童子手中的木板，狠狠地给了他一个嘴巴。那木板就是以前用来托自己鼻子的那一块。

内供对自己鼻子变得半长不短反而感到

后悔。

一天夜里，由于天黑后突然起风，塔上的风铃噪声喧闹，加上寒气袭人，年迈的内供辗转反侧，怎么也睡不着。就在被窝里翻来覆去的时候，忽然感到鼻子一阵发痒。他用手一摸，觉得鼻子像水肿一样有点儿肿大，而且还在发热。

内供立刻用佛前献花那样虔诚恭敬的手势按住鼻子，低声嘟囔道："说不定是缩短得太急，弄出毛病来了。"

第二天早晨，内供照样醒得很早，只见寺院里的银杏、七叶树一夜之间树叶落尽，庭院里铺了一层黄金般明亮耀眼。大概塔顶已有薄霜，在淡淡的朝阳映照下，塔刹闪闪发光。禅智内供站在开着板窗的檐廊上，深深吸了一口气。

就在这时，内供的鼻子上又出现了几乎快要忘记的那种感觉。

内供急忙伸手摸鼻子。他摸到的不是昨天晚上的那个短鼻子，而是原先那个从嘴唇上方一直耷拉到下巴的五六寸长的鼻子。他明白自己的鼻子在一夜之间恢复了原样。与此同时，他感觉到与鼻子变短时候同样的舒畅心情。

　　内供在早晨的秋风里摇晃着长鼻子，心中自言自语："这样一来，再也没有人笑话我了。"

大正五年（1916）一月

（郑民钦　译）

孤独地狱

　　这个故事我是从母亲那儿听来的。母亲说她是从我的叔祖父那儿听来的。故事的真伪我不清楚，但从叔祖父的品性推断，我想很可能实有其事。

　　叔祖父是一个深谙世故的人，在幕府末期的艺人、文人中有很多他的知交挚友，例如河竹默阿弥、柳下亭种员、善哉庵永机、同冬映、九代团十郎、宇治紫文、都千中、乾坤坊良斋[1]等。其中默阿弥在《江户樱清水清玄》中塑造的纪国屋文左卫门就是以叔祖父为原型的。叔祖父去世已

1　河竹默阿弥，江户末期至明治初期的歌舞伎狂言作者。柳下亭种员，江户时代戏作者。善哉庵永机，俳谐师。九代团十郎，歌舞伎演员。宇治紫文、都千中，净琉璃演员。乾坤坊良斋，江户时代后期讲谈演员。

有五十年之久，生前曾被人起外号叫今纪文，现在也许还有人知道他的名字——姓细木，名藤次郎，俳号香以，诨名山城河岸的津藤。

有一次，津藤在吉原的玉屋结识了一位僧侣。据说这位僧侣是本乡[1]附近某寺的住持，名叫禅超。他也是嫖客，是玉屋一个名叫锦木的游女的常客。那个时候，禁止和尚吃荤娶妻，所以表面上当然不能什么时候都显示自己是出家人。他身穿黄地褐色条纹丝绸和服，外套是印有家徽的双面织仿绸黑礼服，自称医生。叔祖父和他是偶然相识的。

挂灯笼时节[2]的一天晚上，在玉屋的二楼，津藤上完厕所出来，正从走廊经过，却见一人倚栏望月。他剃着光头，个子略显瘦小。津藤借着月光，以为是常来冶游的那个态度热情却医术平庸的医生竹内。津藤从他身旁走过时，伸手轻轻拽了一下他的耳朵，本想待他回头，再笑着和他打招呼。

可那人回过头来，却使津藤大吃一惊。除

---

1 本乡，地名，在今东京都文京区。
2 吉原仲之町的风俗，阴历七月一日至三十日挂灯笼。

了光头，别的地方与竹内竟无一处相像——对方额头宽广，眉间却窄小得可怕，大概因为脸颊消瘦，眼睛显得很大。在朦胧的月色下，也能清楚地看见他左边脸颊上有一颗大瘊子。颧骨很高。惊慌失措中，对方的面相一块一块地映入津藤的眼帘。

"你有什么事？"那光头的声音有点儿气恼，似乎还带着酒气。

刚才忘记说了，当时津藤还带着一个艺妓和一个随从。那个光头家伙要津藤赔礼道歉，随从当然不会袖手旁观，于是他代替津藤对自己主人的冒失向对方表示歉意。这时，津藤带着艺妓急忙回到自己的房间。尽管津藤饱经世故，但对这件事还是觉得有点儿不好意思。光头听了津藤的随从解释误会的原委以后，立刻消了气，哈哈大笑起来。不言而喻，这个光头就是禅超和尚。

接着，津藤让人给和尚送去点心，表示歉意。和尚也觉得过意不去，特地过来还礼。两人从此结下交情。不过，虽说结下交情，其实也只是在玉屋的二楼碰面，似乎并没有什么来往。津藤滴酒不沾，禅超却是海量。相比之下，禅超的衣着用品更加穷奢极侈，最后就连沉湎女色也比津藤有过之而无不及。津藤曾经感叹说，不明白到底谁是出家人。津藤身材高大健壮，其貌不扬，前额剃成月牙形，胸前挂着银项链，下端坠有筒状护身符，平时爱穿藏青平纹布服，束白色腰带。

有一天，津藤在玉楼遇见禅超。禅超身披锦木的羽织，正弹着三味线。他的气色本来不好，今日更加难看，眼睛充血，嘴角松弛的皮肤不时地颤抖。津藤一看，心想他今天大概出了什么事吧，于是用委婉含蓄的口气说："如果有什么事需要商量的话，请不要客气。"可那禅超好像并没有什么事要和自己推心置腹地商量，他比平时更加沉默寡言，还经常忘记话题。津藤以为这只是嫖客常见的一种倦怠。沉迷酒色者的这种倦怠是不可能以酒色治愈的。两人表面应酬，逐渐转入

倾心交谈。禅超像是心血来潮似的突然说了这样一段话:

据佛经说法,地狱也有各种各样,但好像大致分为三种:根本地狱、近边地狱、孤独地狱。从"南赡部洲下过五百踰缮那乃有地狱"[1]这句话就证明了,大概地狱自古就在地下。唯有孤独地狱会突然出现在山间、旷野、树下、空中等任何地方。就是说,眼前立刻会出现地狱的苦难。我从两三年前就已堕入地狱,对一切事情都失去了持恒的兴趣。因此不管什么时候都只是从一个境界追到另一个境界这样生活着,当然还是不能从地狱中逃脱出来。如果我不变换境界,那就更加痛苦,所以只好这样每天不停地变换着境界生活,以便忘记痛苦。但是,如果这样最终还是苦不堪言,那就只好死去。以前虽亦痛苦,却拒斥死亡。现在……

---

1 语见《俱舍论》,南赡部洲位于须弥山南面,原指印度,现亦指现世。"踰缮那",计算里程的单位。

最后这句话，津藤没听见。因为禅超又弹起了三味线，且说话的声音很小。从此以后，禅超再也没有来过玉屋。谁也不知这位骄奢淫逸、放荡不羁的和尚后来怎么样了。只是那一天，禅超把一部手抄本《金刚经》忘在了锦木那儿。津藤后来家道破落，蛰居下总[1]寒川，桌上常摆的书籍中就有该手抄本。津藤在封面的背后还写有他创作的一首俳句："菫花原野惊寒露，不觉人生四十年。"如今此书不知去向，恐也无人记得此句。

这是安政四年（1857）前后的事。母亲大概出于对"地狱"一词的兴趣，才记住了这件事。

我每天大部分时间都待在书房里，从生活上来说，我所居住的世界与叔祖父、禅僧毫无关系。即使从兴趣这个方面说，我对德川时代的戏作[2]、浮世绘也没有特殊的兴趣。但我心灵深处的某种情绪，却经常会通过"孤独地狱"这个词语倾注

---

1 下总，地名，在今千叶县、茨城县、琦玉县之间。

2 戏作，江户时代流行的通俗读物，尤指小说。

对于他们生活的同情。我不想否认这一点。因为从某种意义上说，我也是在孤独地狱里受苦受难的一个人。

大正五年（1916）二月

（郑民钦　译）

虱
子

一

元治元年（1864）十一月二十六日，当时任
京都守护的加州家的随从们恰好参加讨伐长州的
战争，以国家老[1]之长大隅守为首领，从大阪的安
治川乘船出发。

小头目有两个，一个名叫佃久太夫，另一个
叫山岸三十郎。佃率领的队伍插白旗，山岸率领
的队伍插红旗。五百石的金毗罗[2]船上迎风飘扬着
白旗或红旗，从河口驶向大海。那景观何等浩浩

---

1 国家老，江户时代诸侯到江户参见将军并在幕府工作期间，在领
  地留守的家臣之长。相对于江户家老。
2 金毗罗，保护航海安全之神。金毗罗船，参拜金毗罗神的人搭乘
  的船。

荡荡、威武雄壮！

但是船上的战士却无法表现出勇敢出征的激动热烈的情绪。首先，每条船上都乘坐着三十四个官兵，加上四个船员，一共三十八人。大家挤得身子几乎无法动弹。船舱里还摆着一排装满腌萝卜的圆桶，连放脚的地方都没有。起先，大家不习惯这种味道，一闻就恶心，谁都呕吐过。再者，因为是在阴历的十一月下旬出海，海风凛冽，寒冷刺骨。尤其天黑以后，从摩耶山上刮来的山风和海水的寒气上下夹攻，这些年轻的北方武士大多都冻得上下牙打战，直打哆嗦。

除此之外，船上虱子奇多，而且还不是钻在衣缝里那种普通的虱子。它们聚集在风帆上，聚集在旗帜上，聚集在桅杆上，聚集在铁锚上。夸张一点说，不知道这条船装载的是人还是虱子。既然满船都是虱子，衣服当然不能幸免，上面至少也都聚集着几十只。它们只要碰到皮肤，立刻兴高采烈，使劲叮咬。若是仅有五只十只，总有办法彻底扫荡。而若多得像是船上撒满了芝麻，便委实没有对付的办法。所以不论是佃的队伍，还是山岸的队伍，船上所有的将士身上都被虱子咬得伤痕累累，像出荨麻疹一样，胸部、腹部全是红红的肿块。

虱子没有办法彻底消灭，但也不能这样置之不理，任其为所欲为。于是大家一有时间，就开始捉虱子。上至家老下至奴仆，都把衣裤脱掉，捉住虱子放进茶碗里。在濑户内海冬天阳光的照耀下，扬起巨大风帆的金毗罗船里，三十多个只穿着一条裤衩的武士，每人手持一只茶碗，在缆绳底下、铁锚后面，专心致志地寻捉虱子。今天想象一下当时的情景，谁都会觉得滑稽可笑。但在必要的情况下，一切事情都变得严肃认真。这种事情虽说发生在维新之前，与今日却没有什么区别——于是，光着身子的武士，自己就像大虱子一样，每天都忍受着寒冷在船上走来走去，一丝不苟地寻找虱子，捉住并掐死。

二

佃的队伍里有一个脾气古怪的人，名叫森权之进，五十上下，性格怪异，身份是七十俵五人扶持的御徒士[1]。就他一个人与众不同，不捉虱子。因为不捉虱子，自然全身都是虱，有的爬到发髻上，有的在裤腰边上横行，他对此竟毫不介意。

是虱子不咬他吗？也不是。他也和别人一样，全身净是金钱斑似的一块块红肿。看他用手使劲挠的样子，好像也是很痒。但是，尽管浑身痒得难受，他仍然处之泰然，对虱子置之不理。

自己对虱子听之任之也就罢了，看见别人捉虱子，他就说："捉了以后，别掐死。放在茶碗里，我要。"

大家都惊讶地问他："你要这个干什么？"

"养起来。"森漠然回答道，"记住了，别掐死。"

---

1 七十俵五人扶持的御徒士，将军出行时，在前面行走开道的下级武士。一年的俸禄米为七十俵。

大家都以为他是开玩笑。两三个人花半天时间抓到两三茶碗的虱子，把这几个茶碗放在了森面前，对他说："好，拿去养吧！"他们以为森再充好汉，恐怕也不敢逞能接受。

可是，没等别人说话，森先开了口："捉着了吗？要是捉着了，就给我。"

众人都大吃一惊。

森满不在乎地把衣领张开："来，放到这儿来。"

"别逞强了，一会儿你要吃苦头的。"大家都劝他。

森却充耳不闻。大家便把各自茶碗里的虱子倒进森的衣领里，就像米店用斗倒米一样，虱子一股脑儿都从他的衣领倒了进去。倒完以后，森一边小心翼翼地拾起掉到外面的虱子，一边自言自语地说："谢谢。从今天晚上起，睡觉就暖和了。"然后咧嘴笑起来。

大家惊愕地面面相觑，不由得对他说道："和虱子一起睡觉，就暖和吗……"

森把刚刚倒进去虱子的衣领细心整理好，用蔑视的眼光环视一遍在场的人，然后说道："大伙儿最近都冻感冒了吧。瞧瞧我怎么样？一个喷嚏都没打，也没流鼻涕，什么发烧、手脚冰凉，统统与兄弟无缘。你们以为我这是多亏了谁呀？告诉你们吧，多亏了虱子！"

大家洗耳恭听森的高论：身上有虱子，虱子要咬人。虱子一咬人，身上就发痒。身上一发痒，就要用手挠。虱子咬全身，双手挠全身。越痒越要挠，越挠越发痒。挠着挠着，被挠的地方就会发热。全身这么一发热，睡觉就暖和。睡觉一暖和，也就不知道发痒了。身上虱子多了，睡觉又香，就不得感冒。所以，无论如何，必须善待虱子，只能养之，不可杀之……

"哦，果然高论。"森的两三个同伴似乎十分佩服。

三

于是，有一个人也学着森的样子养起虱子来。他虽然也和别人一样，只要一有空就端着茶碗到处捉虱子，但是与众不同的地方，就是把捉到的虱子一只一只放进自己的怀里，当宝贝似的养着。

但是，不论哪个国家，不论哪个时代，précurseur（先驱者）的观点，极少能令所有人都接受。在船上，就有很多 pharisien（墨守成规者）反对森的虱子论。

最激烈的 pharisien 是名叫井上典藏的御徒士。他也是一个怪物，捉到的虱子都要吃下去。晚饭过后，他把茶碗放在面前，一个人津津有味地嗑着什么，人们过去一看，发现茶碗里盛着大家捉的虱子。问他什么味道，他回答说："有一种油味，像炒米的味道。"把虱子放在嘴里咬死的人很常见。井上却不一样，他每天吃虱子，就像吃点心一样。所以井上第一个对森的理论表示反对。

除了井上，船上没有其他人吃虱子，但支持

井上观点的人不在少数。他们认为，人的身体绝不会因为有了虱子而变得暖和。更何况《孝经》上说："身体发肤受之父母，不敢毁伤，孝之始也。"自愿让虱子这类东西叮咬自己的身体，简直是大不孝。所以无论如何，对待虱子，只能杀之，不可养之……

接着，事态发展到森派和井上派时常发生争论的地步。如果光是动动嘴皮也就罢了，两派争斗逐渐升级，最后甚至动起刀枪来了。

有一天，森又想养一批虱子，便把别人捉来的虱子倒进自己的茶碗里，放在一旁。但稍不留神，一转眼工夫就被井上吃了个精光。森过来一看，茶碗里一只虱子也没有了。这个 précurseur 立刻火冒三丈。

他双手交叉在胸前，气势汹汹地责问井上："你干吗吃别人的虱子？"

井上一副不屑一顾的样子，好像不想和他交锋："其实啊，养虱子真蠢。"

"吃虱子才蠢。"森反唇相讥，气得一边拍打船板一边叫嚷，"你说说，这船上哪一个人没有受到虱子的恩惠？还要吃虱子，这和恩将仇报有什么两样！"

"我根本就没有受到虱子的什么恩惠。"

"即使你没有受到恩惠，这样妄自杀生，实在残酷无情！"

两人这样争执几句，森突然勃然大怒，手抓住腰刀把手。井上自然不甘示弱，立刻抓住长刀的红柄，站起身来。要不是正在捉虱子的其他人赶紧把他们按住，准有一方生命不保。

据当时在场的人说，两个人被大伙儿使劲抱住的时候，还唾沫四溅地大声争吵，叫喊着："虱子！虱子！"

四

船上的武士为虱子动刀争吵不休的时候，似乎只有金毗罗船对所发生的事情不闻不问，往西行驶在讨伐长州的漫漫征途上。在阴暗欲雪的天底下，寒风翻卷着红色和白色的旗帜。

大正五年（1916）三月

（郑民钦　译）

酒虫

一

　　这是最近几年从未有过的酷暑。抬头看去，一间间土墙房子的屋顶瓦片都如铅一样反射着沉闷的日光。在这样的热浪里，真叫人担心屋檐下燕窝里的雏燕和蛋会不会被热坏。田地里，不论是麻还是黍，都被滚烫的热气蒸得无精打采，对着土地耷拉脑袋，所有的绿叶都懒洋洋地发蔫。大概也因这一阵子的高温热烤，尽管是晴天，靠近地面的天空也显得浑浊昏沉，天空到处飘浮着如在锅里煮糯米点心糖那样形状的云峰。——《酒虫》说的就是在这大热天里特地到打谷场来的三个男人的故事。

奇怪的是，其中一人赤身裸体地仰面躺在地上。不知何故，他的手脚被细绳捆了好几层，但他好像并没有感觉到什么痛苦。此人身材矮小，脸色红润，胖得像猪，给人以笨重的感觉。他的枕边还摆着一个不大不小的陶缸，不知道里面装着什么东西。

另外一人身穿黄色袈裟，戴着青铜小耳环，一看就是相貌古怪的和尚。他皮肤黢黑，发须卷曲，像是来自葱岭[1]以西，刚才一直不停地挥动朱柄拂尘为那个裸体男人驱赶蚊蝇。现在他像是有点儿疲劳了，走到陶缸旁边，装模作样地蹲下来端详，状如火鸡。

还有一个人离他们很远，站在打谷场角落的草房檐下。此人下巴尖上长着几根耗子尾巴似的胡子，身穿皂布长衫，几乎盖住脚后跟，褐色腰带的绳头松弛地耷拉下来。他手持白色羽扇，不时轻摇几下，看样子准是儒生。

---

1 葱岭，今帕米尔高原。

　　三个人不约而同地默不作声，一动不动，像在凝神屏息、饶有兴趣地等待着即将发生的事情。

　　日正当午，大概狗也在午睡，听不到一声狗叫。打谷场四周麻枣的绿叶晃着耀眼的阳光，一片宁静。整个天空燥热难耐，炎霭似燃，那云峰仿佛也热得气喘吁吁。放眼望去，活物好像仅此三人。他们却似关帝庙里的泥菩萨，沉默不语……

　　当然，我说的并不是日本的故事，而是某年夏天发生在中国一个叫作长山[1]的地方，一户刘姓人家打谷场上的趣事。

二

　　赤身裸体躺在大太阳底下的是打谷场的主人，姓刘名大成，是长山一带屈指可数的富翁。此人嗜酒如命，从早到晚，几乎杯不离手，酒量

1　长山，山东省的一个县。

似海，"每每独酌辄尽一瓮"。且如前所述，"负郭之田三百亩，半种秫"，所以万无豪饮而累及家产之虞。

他为何裸体躺在地上呢？事出有因。那一天，刘大成和酒友孙先生（就是手持羽毛扇的儒生）在一间通风凉快的屋子里，倚着竹夫人[1]下棋。这时，丫鬟来报："门口来了一位自称来自宝幢寺的和尚，求见主人。如何是好？"

"什么？宝幢寺……"刘大成眨了眨明亮的小眼睛，站起身来，肥胖的身躯似乎难耐溽热，"让他进来吧。"接着瞟了孙先生一眼，补充一句，"大概就是那个和尚吧。"

这位宝幢寺的和尚，就是从西域来的蛮僧。此人既通医术，又懂房中术，在这一带颇有名望。比如说，经他一治，张三的黑内障立见好转，李四的瘤疾手到病除，近乎奇迹，传得神乎其神。这些传言，刘孙二人亦有所耳闻。今天这位蛮僧

---

1 竹夫人，夏天床席间取凉用具。用竹青篾编成，或用整段竹子做成，圆柱形，中空，周围有洞，可通风。

有什么事特意前来造访呢？当然，刘大成从来没有主动地邀请他来。

刘大成这人并不好客。不过有客在场，又有新客，一般都会高兴地接待。这样可以在客人面前炫耀自己贵客盈门，满足一下小孩子般的虚荣心。今天的来客是在这一带有口皆碑的蛮僧，不会失了自己的身份。基于上述原因，刘大成决定见他。

"会有什么事呀？"

"大概来要布施的吧。"

两个人正聊着，丫鬟带着客人进来了。来客身材高大，目如紫水晶，面貌怪异，身穿黄袈裟，卷发垂肩，看上去很不顺眼。他手执朱柄拂尘，缓缓而进，立于屋内，既不问候，也不说话。

刘大成犹豫片刻，心里忽然忐忑不安起来，便开口问道："有什么事吗？"

蛮僧反问道："那个好酒的人，就是你吧？"

"是啊。"刘大成冷不丁被这么一问，含含糊糊地回答，转眼看着孙先生，希望他说话。但孙先生装模作样独自在棋盘上摆子儿，一副目中无人的样子。

"您知道自己得了一种怪病吗？"蛮僧的口气显得斩钉截铁。

刘大成听对方说自己有病，表情惊讶，一边抚摸竹夫人一边说："你是说……我有病吗？"

"是的。"

"噢，我从小……"

蛮僧打断刘大成的话："您喝酒不会醉吧？"

刘大成盯着对方沉默下来。他的确不论喝多少酒，从来没有醉过。

"这就是您得病的证据啊。"蛮僧微微一笑，继续说道，"肚子里有酒虫。不除掉酒虫，您的病就好不了。贫僧就是来给您治病的。"

"治得好吗？"刘大成未免有点发慌，心里没底，自己也觉得不好意思。

"正因为治得好才来的。"

这时，一直默不作声在一旁听着他们说话的孙先生突然插话说："用什么药？"

蛮僧态度不悦地说："此病无须用药。"

说起来，孙先生几乎是无端地蔑视道佛两教，所以和道士、僧侣在一起的时候，很少开口。现在突然插嘴说话，完全因为听到"酒虫"这两个字，为其心动。他也好酒，担心自己肚子里莫非也有酒虫，但是听到蛮僧态度傲慢的回答，觉得自己被对方小瞧，于是皱了皱眉头又重新独自摆棋。同时，心想这个刘大成居然和这种狂妄骄横的和尚见面，实在糊涂。

刘大成自然没把这点事放在心上。

"那么，是用针灸吗？"

"不用，要更简单。"

"是念咒语吗？"

"不，也不是咒语。"

两人这样一问一答，最后蛮僧把疗法简要地告诉刘大成："只要脱光了身子晒太阳就行了。"

刘大成觉得这个疗法太容易了，如果这样能治好病，没有比这更好的了。另外，在潜意识里，蛮僧治病也多少使他动了好奇之心。

于是，终于轮到刘大成低头请求蛮僧："那就请您医治吧。"——这就是刘大成赤身裸体大热天躺在打谷场上的原委。

蛮僧说"身体不能动"，就用细绳把刘大成的身体捆起来，然后吩咐一个侍童，拿一个陶缸装满酒放在刘大成的脑袋旁边。既然刘大成的糟丘好友孙先生恰好在场，自然前来一起见识这奇怪的疗法。

酒虫是何物？肚子里没有酒虫以后，人会变成什么样？放在枕边的酒缸有何用处？这些只有蛮僧一个人知道。嗨！刘大成竟一无所知地赤身裸体晒太阳，岂不很愚蠢？然而，普通人在学校接受教育，其实也大抵如此。

三

热！汗水不断从额头冒出来，汇成汗珠，热乎乎地流到眼睛里。双手被细绳捆着，没法擦汗。

于是，刘大成摇动脑袋，想改变汗水流动的方向，可没摇几下，就觉得头晕目眩，只好遗憾地放弃了这个打算。汗水却毫不留情地流进眼眶，再顺着鼻翼流到嘴边，一直流到下颚。刘大成心里实在难过。

起先他还睁开眼睛，一动不动地盯着灼热发白的天空和叶子耷拉下来的麻田，但是大汗淋漓以后，他只好放弃了原先的念头。此时，他才第一次知道汗水沁入眼睛里的滋味是多么难受。于是，他如同屠宰场里的羊羔，老老实实地闭着眼睛，忍受着太阳的暴晒。不一会儿，面部、身体，只要是暴露出来的部分，皮肤逐渐发痛。体内有一种力量要把全身的皮肤向四面八方扩张，但是皮肤本身毫无反应，而且浑身上下开始变得火辣辣——可以形容为疼痛。这种痛苦要比流汗厉害得多。刘大成开始有点儿后悔接受蛮僧的治疗。

不过事后想起来，这点儿痛苦还算不了什么——更要命的是喉咙干渴。刘大成记得像是曹操来着，为解战士口渴而谎称前方有一片梅林。

但是现在，不管自己的脑子里怎么想象梅子的酸甜，也是无济于事。他动动下巴，搅搅舌头，嘴里仍然干渴难耐。倘若自己脑袋旁没有这个酒缸，没准还能忍耐几分。然而酒香扑鼻，也许是心理作用使得这芳香的酒气浓烈醇厚。刘大成睁大眼睛，想看一眼酒缸。他使劲向上翻眼珠，好不容易才看见缸口和圆鼓鼓的缸肚，他脑海里浮现出满满一缸黄澄澄、金光荡漾的美酒，他不由得伸出干燥的舌头舔了舔干裂的嘴唇，却没有唾液分泌出来。连汗水也被太阳晒干，不像刚才那样流淌了。

接着，脑子接连两三次感到剧烈的眩晕，头痛欲裂。刘大成心里更加怨恨蛮僧，也怪自己为何轻信那厮的巧言，结果这样遭罪，实在愚蠢。一会儿，喉咙更加干渴，胸口堵得慌，开始感到恶心。他实在无法忍受下去，终于决心要自己枕边的蛮僧停止治疗，他喘着气张口正要说话……

就在此时，刘大成觉得有一团难以言状的东西正从胸腔一点一点爬上喉咙，像蚯蚓蠕动，又像壁虎爬行。总之是一团柔软的东西一点一点地顺着食道拱了上来，最后硬是从喉头下面挤过，突然像一条泥鳅出洞似的，猛然从他的嘴里蹿了出来。

说时迟那时快，酒缸里传来扑通一声响，好像什么东西掉进了酒里。

一直若无其事稳坐大成身边的蛮僧，这时急忙站起身来，把捆在他身上的绳子解开，说道："酒虫已经出来了，您就放心吧。"

"出来了吗？"刘大成的声音有气无力。他抬起晕乎乎的脑袋，觉得此事新鲜，也忘记了干渴，赤裸着身子爬到酒缸旁边。孙先生见状，用白羽毛扇遮挡太阳，疾步走近前来。三人一起探头看着酒缸，只见一条肉色似朱泥、形状似小鲵鱼的东西在酒里游动。那东西长约三寸，有嘴有眼，好像一边游动一边喝酒。刘大成一看，突然感到恶心……

四

蛮僧的疗效立竿见影。刘大成从此以后滴酒不沾，现在据说连酒味也觉得讨厌。奇怪的是，他的身体状况逐渐衰弱。今年是他吐出酒虫的第三年，先前那种圆鼓肥胖的风采已无影无踪，油腻腻的皮肤黯然失色，脸色苍白，皮包骨头，花白的鬓发稀疏地残留在太阳穴上，一年里头，不知道有多少天卧病在床。

不仅如此，刘大成的家业也每况愈下。如今，三百亩负郭之田多半落入他人之手，刘大成本人也不得不拖着病弱之身下地干活，勉强打发清贫的日子。

刘大成吐出酒虫以后为什么健康恶化？为什么家道中落？如果追究吐出酒虫与刘大成后来破败衰微的因果关系，谁都会产生这样的疑问——凡是住在长山的人，不论干哪一行，都在不断地思考这个问题，也得出形形色色的答案。以下列举的三个答案，是其中最有代表性的。

答案之一：酒虫是刘大成之福，并非其病。偶遇此愚昧蛮僧，致使自己断送掉天赐之福。

答案之二：酒虫是刘大成之病，并非其福。每饮必尽一瓮，绝非常人所能想象。酒虫不除，他不久必死无疑。这样看来，贫病交加，对刘大成来说应该是幸福。

答案之三：酒虫既非刘大成之病，亦非其福。刘大成一生嗜酒，除了酒，没留下任何东西。这样看来，刘大成就是酒虫，酒虫就是刘大成。除掉酒虫无异于自杀。就是说，从他不能喝酒的那一天开始，刘大成就不复存在。刘大成本身已死，他昔日的健康不再，家产败如流水也是理所当然的。

我也不知道哪一个答案最为妥当。我只是模仿中国小说家的 didacticism（劝诫），在这个故事的结尾，列举上述道德性判断。

大正五年（1916）四月

（郑民钦 译）

野呂松人形

突然收到一张请柬，请我去看野吕松[1]。发件人我不认识，却说是我朋友的朋友，"K 先生也将前来观赏"。K 是我的朋友。于是，我决定应邀前往。

野吕松是什么样的人形戏，那天 K 对我讲解之前，我一直不太清楚。后来看《世事谈》记载："江户和泉太夫，由野吕松勘兵卫操作脑袋扁平、脸色青黑之滑稽人形表演戏曲，此谓野吕松人形，简称野吕松。"据说以前藏前的札差[2]、各大名的

---

1 野吕松，宽文十年（1670）左右，江户艺人野吕松勘兵卫首创的人偶戏，在人形净瑠璃的席间演出的"间狂言"（滑稽短剧）。人形的脸谱多为青黑色的漫画式怪异模样。

2 藏前，地名，今东京都台东区隅田川西岸一带，江户时代为幕府粮仓。札差，是代替旗本、御家人领取禄米的人。

御金御用[1]、长袖人[2]都喜欢玩。现在会操作这种人形的人大概寥寥无几。

二月末的一天，我乘车去日暮里的某人别墅观看人形表演。那一天是阴天，时近傍晚，阳光似有若无地荡漾在马路上。空气湿润，虽然还不能催诱树木萌芽，却已令人感觉到一丝暖意。我一路上打听了两三次，才终于找到这户位于偏僻胡同里的人家。不过，这住宅似乎并没有我所想象的那么宁静。从普普通通的便门进去，沿着窄小的花岗岩石板路走到门口。门口的台阶柱子上挂着一面铜锣，旁边放着一根大小适中的红漆木棒。我心想，客人来此都要敲锣通报吧，正要伸手取木棒，却听见门口的拉门后面传来一个人的话语声："请进来。"

在类似门房的地方，我在竖线条纹的签名册上写了自己的名字，然后便被让进屋里。里面是

---

1 御金御用，江户时代，幕府或者各诸侯国为弥补财政不足，向御用商人征收临时赋税的人。

2 长袖人，相对于武士而言，公卿、医师、神官、僧侣、学者等文职人员。

八张和六张榻榻米大小的两个房间，已经打通，略显昏暗，坐着不少客人。我出门应酬都穿西服。要是穿和服裤裙，必然拘束于礼节。穿着裤子，日本的 étiquette（礼节）再烦琐也便无须计较。对于我这个不拘礼节的人来说，非常方便。所以那一天，我身穿大学制服前往，没想到在场的人没有一个穿西服的。更让我吃惊的是，我认识的一个英国人也穿着带家徽的和式礼服和斜纹哔叽裤裙，面前端端正正地摆着一把扇子。K 那样的商人子弟自然更是一身结城绸双层和服。我和这两位朋友打过招呼，落座时，产生了一些 étranger（异国人）之感。

"这么多客人来，ＸＸ大概十分高兴吧。"K 对我说。他说的ＸＸ，就是给我寄请柬的那个人。

"他也会操纵人形吗？"

"嗯。听说正在学第一场还是第二场。"

"今天也表演吗？"

"大概不会吧。今天都是行家里手表演。"

接着，K 给我讲解野吕松人形的各种知识，原来的节目总共有七十多场，使用的人形二十多种。我一边不时地看着搭在六张榻榻米房间正面的舞台，一边心不在焉地听着 K 的讲解。

所谓舞台，其实就是高约三尺、宽约十二尺的贴金隔扇屏风。K 说，这叫手摺（边栏），故意设计成随时都可以拆除的结构。左右两边垂挂着崭新的三色缎屏障，后面好像圈围着金屏风。昏暗之中，隔扇屏风和金屏风的金箔像抹上一层烟色一样，吃力地在昏黄暮色之中闪烁着黯淡的光。我看着这简朴的舞台，心情甚好。

"人形有男女之分，男的有青头、文字兵卫、十内和老僧等。"K 说起来津津有味，不知疲倦。

"也有各种女人形吗？"英国人问。

"女偶有朝日、照日、巫婆、恶婆吧。其中最有名的是青头，据说是从元祖传到现在的本家……"

这时，我想上厕所小解。

等我从厕所出来，房间里已经亮起了灯。一个黑纱罩面的人手持人形站在手摺后面。狂言就要开场了。我一边点头一边从其他客人中间通过，回到刚才的位置上，坐在 K 和身穿和服的英国人中间。

舞台上的人形是身穿蓝色素袍、头戴黑漆帽的大名。人形表演者这样说道："我尚无可炫耀之宝，所以到京城寻求稀世之宝。"不论是台词还是语调，与"间狂言"并无多大差别。

一会儿，只听大名说："快把与六叫出来。喂，喂，与六在吗？"接着，另一个黑纱蒙面者手持太郎冠者[1]人形应道"在"，一边从左边的三色缎子中走了出来。他手中的人形身穿同色成套的和服坎肩和长裤裙，腰间不佩刀剑。

这时，大名的左手按在小刀柄上，右手的扇子指着与六，吩咐道："天下大治，盛世太平，到处都忙于寻宝。你也知道，我尚无可炫耀之宝，你速去京城，寻求稀世之宝！"与六回答："噢。"大名说："快去！""噢。""啊。""噢。""啊。"

---

1 太郎冠者，狂言中跟随大名、武士的仆从常用的名字。

"噢，老爷……"接着是与六大段的 soliloque（独白）。

人形的制作非常简单，裤裙下面没有脚，与后来眼睛会动、嘴能张合的人形大不一样。虽然手指可以活动，但极少表现出来，只是身体前俯后仰，手臂左右活动，此外没有任何活动的部位，显得落落大方、沉着稳重、格调高雅，更加深了我对人形 étranger 的感觉。

阿纳托尔·法朗士 [1] 说过："不受时代与地点制约的美是不存在的。我喜欢某个艺术作品，只是在我发现自己与这部作品的生活关联的时候。Hissarlik（希沙立克）的陶器使我更加喜欢《伊利亚特》。如果不了解十三世纪佛罗伦萨的生活，我肯定不能像现在这样欣赏《神曲》。所以我认为，一切艺术作品，只有了解其创作地点和时代以后，才能合理地喜爱它，并正确理解它。"

我看着在金屏风背景下，蓝色素袍和茶色和

1　阿纳托尔·法朗士（Anatole France，1844—1924），法国作家、文学评论家、社会活动家。1921 年获诺贝尔文学奖。

服两个人形重复着同样缓慢悠长动作的表演，不由得想起法朗士上述这段话。我们创作的小说恐怕有一天也会变成野吕松人形这样的东西吧。我们愿意相信不受时代和地点制约的美。为了我们自己，也为了我们尊敬的艺术家，愿意这样坚信无疑。然而那不仅仅是一种愿望，真有这样的事吗？

白脸的野吕松人形正在金屏风前的舞台上表演，仿佛是在否定这种可能。

狂言接下来的剧情是出现一个骗子，蒙骗与六，与六回来后，受到大名的斥责。伴奏音乐好像是没有三味线的歌舞伎音乐与能乐的混合体。

等待下一场节目演出时，我没有和 K 聊天，独自默默地喝着朝日啤酒。

大正五年（1916）七月

（郑民钦 译）

山药粥

八成是元庆末年、仁和初年的事吧。不管哪朝哪代，好歹跟这个故事无甚关系。看官只当是很久以前平安朝的事就成。——话说当时藤原基经[1]摄政，手下侍卫中，有某位五品武士。

在下本不愿写成"某位"，蛮想弄清是何方人士，姓甚名谁，偏巧那名儿竟没能流传下来。想必是个凡夫俗子，没资格留名青史吧。看来终究是史书作者对凡人凡事无甚兴趣使然。这一点倒同日本的自然派作家大相径庭。须知，王朝时代的小说家，并非有闲之人。总之，作为藤原摄政王的侍卫之一的那位五品武士是这故事中的主

1　藤原基经（836—891），日本平安时代公卿，一度是当时朝廷实权的掌控者。

人公。

这位五品其貌不扬——身材矮小，红鼻头，八字眼。嘴上的胡须，不消说，稀稀拉拉。瘦瘦的两颊，显得下巴格外尖。嘴唇嘛……要一一细数起来，真是说也说不尽的。我们的这位五品天生邋遢，非同一般。

五品是何时何以来侍奉基经的呢？谁也不晓得。反正很久以来确凿无疑的是，他总是穿着同一件褪了色的短褂子，戴着同一顶软塌塌的京式乌帽，每天不厌其烦地恪尽职守。结果呢，谁见了也不会想到，这家伙居然也有过青春年少的时光（五品已经四十开外）。相反让人觉得，凭他那寒碜通红的鼻子和徒有其名的几根胡须，生来就该在朱雀大街上任凭风吹雨打。上起主人基经，下至放牛娃，不知不觉，谁都这么认为，无人怀疑。

一个人有了这样一副尊容，所受到的待遇，恐怕无须在下多费笔墨。在班房里，五品甚至不如一只苍蝇，一干武士对他爱搭不理。连同有品无品的下属侍卫总共二十来号人，皆对他的进出冷淡至极。五品吩咐什么事的当口，一伙人绝不会停止闲聊。对他们来说，五品的存在，好比空气一样无影无形，他们眼里就没有他这个人。底下人尚且如此，更不消说上面的头儿了，压根不把他当回事。说来也是他命该如此。他们面对五品冷冷的表情背后，藏着类似小孩子家无聊的恶意，要说什么话，全凭打手势。人有语言实非偶然，手势时常不能达意，但这样，他们就能认定五品悟性不佳。于是，手势一旦行不通，他们便仔仔细细上上下下打量五品一番，从他头上那顶软塌塌走了样的京式乌帽，一直到脚下一双快要磨破的草履，然后嗤鼻一笑，一下子转过身去。尽管如此，五品却从不动气。那些不平之事，他仿佛全然不觉，为人竟窝囊怯懦到如此地步。

可那些同僚武士更得寸进尺地拿他寻开心。年长的拿他丑陋的仪表当笑料，总说些老掉牙的打趣话；年轻的也有样学样，借机取乐耍嘴皮子。他们当着五品的面，对他的鼻子、胡子、纱帽、短褂，大肆品评而不知餍足。不仅如此，那个五六年前就和他分了手的地包天婆娘，连同跟那婆娘相好的酒鬼和尚，也常常成为他们的笑料。更有甚者，他们还不时弄些恶作剧，在此无法一一列举。譬如把他竹筒中的酒喝掉，将尿灌进去。在下仅举一端，其余则既可想见。

然而，五品对于这些嘲弄，全然无动于衷。至少别人看来浑似无动于衷。不论别人说他什么，五品连脸色都不变。他一声不吭，捋着那几根胡子，做他该做的事。只是他们的恶作剧，有时让他过于难堪，诸如把纸条别在他顶髻上，或把草屐插在刀鞘上，此时他才脸上堆着笑——也分不清是哭还是笑，说道："莫如此呀，各位仁兄！"凡看见他这表情、听见他这声音的人，一时之间，竟会油然生出怜悯之情（受欺侮的何止红鼻五品一人——许多并不相识的人，都会借五品的表情和声音，谴责他们的无情）。这种感情虽然淡薄，却能刹那间浸透那些人的心田。只是能将当时这种心情始终保持住的人，微乎其微。话说就在这微乎其微的人中，有个无品的侍卫，乃丹波国人士——一个嘴上茸毛刚刚长出胡子的年轻后生。当然，这后生起初也和众人一样，没来由地轻蔑红鼻五品。可有一日，凑巧听见"莫如此呀，各位仁兄"，这声音竟在脑中盘旋不去。从此以后，唯有在这后生眼里，五品才完全变成另一个人。五品那张营养不良、面带菜色、木讷迟钝的脸透露出，这是一个饱受世间迫害的人。这位无品的侍卫，每每想起五品的遭遇，便由衷感到人间的一切赫然显露出本来的卑劣。与此同时，那只冻红的鼻子和稀疏的几茎胡须，却仿佛是一丝慰藉直透他心底……

不过，这仅限于后生一人而已。除却这一例外，五品依旧还得像狗一般生活在周围的轻蔑之中。首先，他连一件像样的衣服都没有。只有一件海昌蓝的短褂和一条同样颜色的裙裤，现已旧得泛白，变成蓝不蓝青不青的。短褂还凑合，单是肩膀处略微塌了下来，圆纽带和菊花襻有些褪色而已，而裙裤的裤脚管则破得不成样子，里面没有衬裤，露出两条细腿，真好比瘦牛拉瘦官，一步一颤悠。即使嘴不损的同僚，见了也都觉得寒碜。再说，身上佩的那把刀也糟糕透顶，刀柄上的贴金已经变色，刀鞘上的黑漆也斑斑驳驳。他却照旧带着一只红鼻子，趿拉着那双草屐。本来就驼背，数九寒天下，腰越发弓了起来。他迈着细碎的步子，眼馋地东张张西望望，难怪连街上的商贩都要欺侮他。眼下就有这样一桩事。

　　一日，五品去神泉苑，经过三条城门，看见六七个孩子聚在路边，不知在做什么。他心想，是在玩陀螺吗，便凑到背后去瞧了瞧。原来是在抽打一条跑丢的狮子狗，颈上还拴着绳子。胆小怕事的五品虽一向有同情之心，却因顾忌别人，从来不敢挺身而出。唯有这一次，他见对方是几个孩子，便鼓起几分勇气来。他脸上堆着笑，在一个像是孩子头的肩上拍拍说："就饶了它吧。狗挨打也会痛呀。"那孩子转过身来，翻起白眼，轻蔑地盯着五品，那神情就跟班房里侍卫长见他没领会自己意图时的那副表情一模一样。"不用你多管闲事！"那孩子退后一步，撇着嘴说，"你个酒糟鼻子！算什么东西！"五品听了这话，宛似一记耳光抽在脸上。倒不是因为遭人辱骂生气上火的缘故，而是自己多嘴，自讨没趣，实在觉得窝囊。他只好用苦笑掩饰起羞辱，默默地继续朝神泉苑走去。身后，那六七个孩子挤作一堆，有的做鬼脸，有的伸舌头。五品当然不知道。即使知道，这对不争气的五品来说，又能怎样呢？

且说这故事中的主人公，倘若生来就专给人作践，活着没有一点盼头，那倒也不尽然。自打五六年前，五品就对一种山药粥异常执着。说起这山药粥，乃是将山药切碎，用甜葛汁熬成的粥。当时，作为无上的珍馐美味，其身价之高，甚至摆到了万乘之君的御膳里。因此，像我们五品这种人，只有一年一度，基经府上贵客临门时，才能沾光尝尝。即使那时，能喝到嘴的，也少得仅够润润喉咙而已。于是，很久以来，饱餐一顿山药粥，便成了他唯一的愿望。当然，这愿望他从没告诉过人，甚至连他自己都还不清楚，这是他的平生之愿。也不妨说，他事实上就是为这盼头而活着的——为了一个不知能否实现的愿望，人有时会豁出一辈子的。笑其愚蠢的人，毕竟只是人生中的过客而已。

不料，五品"饱餐一顿山药粥"的梦想，居然轻而易举变成了现实。道出个中始末，正是在下写这篇《山药粥》的目的。

话说有一年正月初二，正是基经府上贵客临门之日。（这一日与皇后和太子两宫之宴乃是同日。而摄政关白府设宴招待王公大臣，与两宫之宴相比并不逊色。）五品也挤在侍卫之间，面对满桌的残羹剩肴。那时尚无扔掉剩肴让人捡食的做法，而是让家臣聚集一堂，共而食之。虽说可同两宫之宴媲美，终究是在古时，纵然品类繁富，美味却不多。无非煮年糕、炸年糕、蒸鲍鱼、风干鸡、宇治小香鱼、近江鲫鱼、鲷鱼干、鲑鱼镶鱼子、烤章鱼、大虾、大酸橙、小酸橙、柑橘、柿饼之类，其中便有上文说的山药粥。五品年年盼着这山药粥。可是，人多嘴多，每次能吃到自己嘴里的，却多乎不多。今年的粥又格外少。这么一来，兴许是五品心里作怪，觉得那粥较往日尤其甜美可口。于是，他盯着一只喝光的空碗，将稀稀拉拉的胡子上沾的粥星儿，用巴掌抹了一把，自言自语道："几时才能称心喝个够哟！"

话音未落，便有人戏谑地问："大夫阁下竟没称心吃过山药粥？"

俨然一介武夫的声音，低沉而威严。五品从他的驼背上抬起头，怯生生地朝那人看过去。声音的主人是民部卿时长的公子藤原利仁，那时也在基经府内当差。他是个膀阔腰圆、身量超群的伟岸男子，一面嚼着烤栗子，一面一杯复一杯地喝着黑酒，人已喝得半酣。

"好可怜哟。"利仁见五品抬起头，声音里半带轻蔑半带怜悯，接着说道，"愿意的话，我利仁可让阁下称心如意吃个够。"

即便一条终日受虐待的狗，突然给块肉，也不会轻易凑上去的。五品照例挤出那副不知是笑还是哭的笑脸，看看利仁的面孔，又看看手上的空碗。

"不愿意？"

"……"

"怎么样？"

"……"

这时，五品感到众人的目光都聚集在自己身上。一言之差，定然又要招来一通嘲弄。甚而觉得，回答什么都会照旧受人戏要，真是左右为难。这时，要不是对方声音不大耐烦地说："不愿意，也不强求。"五品说不定会把空碗和利仁，一直比来比去，来回看个没完。

听见这话，他慌不迭地答道：

"岂敢……不胜感谢。"

凡听见两人对话的人，一时都失声笑了出来。"岂敢，不胜感谢。"甚至还有人这样学舌。在盛着黄橙绿橘的橛叶盘和高脚漆盘之上，众多软筒硬筒京式乌帽便一齐随着笑声，如同波浪般摇晃起来。其中笑得最响最开心的，自是利仁。

"那就改日有请尊驾。"说话之间，他蹙起眉头来，是涌上来的笑声和酒气一起噎在喉咙里的缘故，"……不知意下如何？"

"不胜感谢。"

五品红着脸，把方才的话结结巴巴地重复了一遍。不用说，这次又引起哄堂大笑。至于利仁本人，正是要叫五品再说一遍，才故意这样问，所以觉得比方才还可乐，更笑得前仰后合。这个来自朔北的粗野汉子，生活里只懂两件事——一是豪饮，一是狂笑。

幸而谈话的中心，不久即离开他俩。即便是打趣逗笑，总盯着这位红鼻五品，也许会招致别人不快。总之，话题一个接一个，直到酒菜即将告罄，一个见习侍卫讲笑话，说有个人要骑马，两脚却套在一只皮护腿里，才又引动一座人的兴头。可是唯独五品，浑然充耳不闻。想必"山药粥"这三字，已占据他的全部心思。哪怕面前摆着烤山鸡，他连筷子都不去碰一碰；杯里有黑酒，他嘴也不去沾一沾。只管两手放在膝上，宛如大闺女相亲，憨厚地红着脸，连花白的两鬓都红了起来，始终盯着空空如也的黑漆碗，傻乎乎地笑着……

过了四五天，一个上午，两个骑马人沿着加茂川畔，径直朝粟田口缓辔而行。其中一人，上穿深蓝色猎衣，下着同色裙裤，佩了一把镶金包银的大刀，是个须黑鬓美的男子。另一人则在海昌蓝的短褂上加了一件薄薄的棉衣，是个四十来岁的武士，看他那情景，无论是马马虎虎系着的腰带，还是鼻孔里粘满鼻涕的红鼻头，浑身上下无处不显得寒酸落魄。至于坐骑，两人骑的倒都是骏马。前面一匹是桃花马，后面一匹是菊花青，三岁牙口的神骏，连路上的小贩和武士都要回头张望。他们后面，还有两人拼命紧跟在马后，自然是持弓背矢的亲随和牵马执镫的马夫。毋庸赘言，这一行人正是利仁和五品。

尚在隆冬，倒恰逢天气晴和，没有一丝风。白花花的河石间，清潺潺的溪水中，蓬草枯立，纹丝不动。临河低垂的柳树间，叶子落光的树枝上，洒满柔滑如饴的阳光。蹲在枝头的鹡鸰鸟，动一动尾巴，影子都会鲜明地投射在街面上。一片暗绿的东山，上方露出圆坨坨的山头，犹如霜打过的天鹅绒，想必是睿山吧。鞍鞯上的螺钿在阳光下晶光闪亮，两人不着一鞭地朝粟田口徐徐前进。

"您说，要带在下出去，究竟去哪里呢？"五品两手生分地拉着缰绳问道。

"就在前面。并非阁下担心的那么远。"

"这么说，是粟田口那里吗？"

"暂且先这样想吧。"

今早，利仁来邀五品，说东山附近有处温泉，想去一趟，两人便出了门。红鼻五品信以为真，恰值很久没有洗澡，身上刺痒难熬。美餐过山药粥，若再洗个温泉澡，真是天幸其便。这一盘算，便跨上利仁事先牵来的菊花青。不料并辔来到此处，利仁的目的地似乎并非在这附近。现在，不知不觉已过了粟田口。

"原来不到粟田口啊？"

"不错，再往前走一点，我说您哪……"

利仁面带笑容，故意不看五品，静静地策马而行。两旁的人家渐渐稀少。此刻，冬日广漠的田野上，只见得觅食的乌鸦。山阴的残雪，也隐隐地笼上了一层青烟。虽然天晴朗，但野漆树的梢头，尖棱棱地指向天空，看着都令人觉得刺眼，不禁生寒。

"那么，是在山科一带啦？"

"这儿就是山科。还要往前哩。"

果然，说话之间已过了山科。何止如此。不大会儿工夫，关山也已掠在身后。二人终于在晌午将过时，来到三井寺。三井寺内，有个僧人与利仁交情颇厚。两人前去拜访，讨了一顿午饭。饭后又骑马赶路。一路上，较方才的来路，人烟更加稀少。尤其当年盗贼四处横行，世道甚不太平。五品的驼背愈发低低地弓了起来，仰视着利仁的面孔问道：

"还在前面吧？"

利仁不觉微微笑了起来，仿佛小孩子家被人发现了恶作剧，冲着大人微笑的样子。鼻尖上的皱纹，眼角旁的鱼尾纹，像在犹豫要不要笑将出来。他忍不住这样说道：

"其实呢，是要请阁下前往敦贺。"利仁一面笑着，一面举鞭指向遥远的天际。鞭子下，一片银光闪烁，近江湖水正辉映着夕阳。

五品惊慌起来。

"敦贺？是越前那个敦贺吗？越前那个……"

利仁自从到敦贺做了藤原有仁的女婿之后，多半住在敦贺，这事平素不是没有听说过。可是，直到此刻他都没有想到，利仁居然要把自己带到大老远的敦贺去。别的不说，跑到山重水隔的越前国去，仅仅带这么两个随从，怎么能保路上平安无事呢？何况这里一向传言说有过往行人为强盗所杀。五品望着利仁哀叹道：

"您又戏言了。原以为是东山，岂知是山科。以为是山科，谁料是三井寺。结果，是越前。究竟是怎么回事呢？倘使开头直说，也该多带上几个下人吧——去敦贺，这如何使得！"

五品几乎带着哭腔，嗫嚅着。若非有"饱餐
一顿山药粥"的念头给他勇气，恐怕他早就作别
而去，独自回京都了。

"无须担心。有我利仁，一以当千。"

见五品如此惊慌，利仁不禁皱了皱眉头，嘲
笑道。然后叫过随从，将带来的箭筒背在身上，
又接过一张黑漆弯弓，横放在鞍上，旋即一马当
先，向前奔去。事已至此，怯懦的五品，唯以利
仁的意志是从。他胆战心惊，东张西望，环顾周
遭荒凉的原野，口中喃喃祷告，念诵依稀记得的
几句观音经。那只红鼻子几乎蹭到马鞍的前桥上，
依旧有气无力地催动着快慢不匀的马步。

原野上，嗒嗒的马蹄声喧闹，遍地长满了黄
茅，茫茫一片。一处处水洼冷冰冰地映着蓝天，
不由得令人暗想，这冬日的午后怕是终究会给冻
住吧？原野尽头是一带连山。大概是背阴的缘故，
本该熠熠生辉的残雪竟没有一星光芒，长长一道
浓暗略呈紫苍，就连这些也为几丛萧瑟的枯茅遮

断。许多景物是两个步行随从所看不到的。这时，利仁蓦然回过头，向五品开口道：

"且看！来了个好使者。可报信敦贺矣。"

五品不大明白利仁的意思，战战兢兢顺着利仁手中的弯弓方向望去。本来望不到人影的地方，只见一只狐狸，落日下一身暖融融的毛色，慢吞吞走在不知是被野葡萄藤还是什么攀缠的灌木丛中。霎时，狐狸慌忙纵身奔逃，利仁急忙挥鞭纵马追去，五品也没头没脑地追随其后。不用说，两个随从也不能落后。马蹄踏石的嗒嗒声，一时间冲破了旷野的寂静。俄顷，利仁已勒马停住，竟不知何时捉住了狐狸，倒提着两条后腿置于鞍侧。想必是狐狸被追得走投无路，驯服于马下任其擒拿。五品揩拭髻上汗水，好歹策马赶到跟前。

"喂，狐狸，好生听着！"利仁将狐狸高高提至眼前，煞有介事地说，"去告诉他们，敦贺的利仁今夜将回府。就说'利仁陪同一位稀客正在途中。明日巳时时分，派人来高岛迎候，同时再备上两匹好马'，明白了吗？切不可忘记！"

说毕,一挥手,将狐狸远远抛进草丛。

"哎呀,跑啦!跑啦!"

刚刚赶上来的两名随从,望着狐狸逃走的身影,拍手嚷道。夕阳下,狐狸脊背的毛色近似落叶。它不辨树根与石块,一溜烟没命地逃去。一行人所立之处,望之尽收眼底。在追逐狐狸的当儿,不知何时已来到旷野高处——那是一面缓坡,低处与干涸的河床相连。

"好个宽宏大量的主儿!"

五品肃然起敬,衷心赞叹,仿佛刚认识一般,仰视着这位连狐狸都使唤得了的草莽英雄,却顾不得思量自己同利仁之间,究竟有何等差别。他感铭良深,只觉得利仁意志支配的范围有多大,自己也便跟着沾了多大的光——这种时候,恐怕最易自然地阿谀奉承。因而,列位看官,此后倘从红鼻五品的态度中,看出什么逢迎奉承之类,切不可以此对他的人格妄加怀疑。

狐狸给抛了出去,骨碌碌地跑下斜坡,从干涸河床的石头间,轻捷地蹦蹿过去,又一鼓作气跑上了对面的斜坡。一面跑，一面回头望。捕获自己的武士一行，犹自并辔立在远远的斜坡看起来只有巴掌大小。尤其是桃花马和菊花青，沐浴着落日，衬托在寒霜凝露的空气中，比绘画还要鲜明。

狐狸一扭头，又在枯茅中，如疾风一般飞奔而去。

一行人准时于翌日巳时来到高岛。这是个小小的村落，地处琵琶湖畔，与昨日大异其趣，阴霾的天空下，只有疏疏落落的几椽茅屋。岸边的松林间，展露出一泓湖水，意态清寒，水面上灰蒙蒙的涟漪仿佛是忘了打磨的一面镜子。到了这里，利仁方回头望着五品道：

"请看！众人已经前来迎候。"

果不其然，只见湖畔松林中二三十人，有的骑马，有的步行，牵着两匹备好鞍鞯的马。短褂上的宽袖在寒风中翻飞，一行人正急匆匆朝他们赶来。转眼之间到了跟前，骑马的慌忙滚鞍下马，走路的赶紧跪在路旁，一个个恭候利仁到来。

"看来那狐狸果真报了信呢。"

"畜类天生变化多端，区区小事，何足道哉？"

五品和利仁说话的工夫，已来到众家臣迎候之处。利仁道了声"辛苦了"，跪踞之人才连忙站起，接过两人的马。顿时气氛轻松起来。

"昨夜，有件稀奇之事。"

两人下马之后，刚要在皮褥上落座，一个白发苍苍的家臣穿了件红褐色短褂，走到利仁面前禀告。

"什么事？"利仁一面将家臣随从等端来的酒馔递给五品，一面大模大样地问。

"是这样一回事。昨晚戌时前后，夫人忽然失去神志，开言道：'吾乃阪本之狐是也。今日特来传达主公命令。请仔细听令！'我等赶上前去，但听夫人说出这样一番话来：'主公陪同一位稀客，此刻正在途中。明日巳时，派人前往高岛迎候，再备两匹好马。'"

"这事的确稀奇。"五品着意瞧瞧利仁，又瞧瞧家臣，随声附和着，讨得两方都很满意。

"这样说还不算。而且，她战战兢兢，浑身发抖'万万不得迟误。如有迟误，吾将被主公赶出家门矣'，说着大哭不止。"

"那么，现在如何了？"

"后来便安心昏睡过去。我们出来时，似乎还没有醒。"

"如何？"听完家臣的话，利仁得意地瞧着五品说，"连畜类都要听我利仁驱使！"

"真叫人不胜惊讶。"五品搔着红鼻子，俯首致敬，且张嘴结舌，故意显出惊诧不已的样子。胡子上还沾了一滴方才喝的酒。

当天夜里，五品在利仁府上的一间屋内，茫然瞧着方角坐灯，竟难以入睡。漫漫长夜，眼睁睁直挨到天明。傍晚到达此地之前，一路上同利仁及其随从谈笑风生，经过松山、小溪、枯野，看见荒草、落叶、岩石、野火、青烟——诸般物事一件件又在五品的心头浮现出来。尤其黄昏时分，暮霭沉沉之中，终于来到了这处府邸，看见长钵里炭火熊熊，不由得体会到长长松口气时的那份心情。此刻，居然躺在此处，一路历见仿佛都化为遥远的往事。棉花足有四五寸厚的黄被下，五品惬意地伸直了腿，情不自禁地呆呆琢磨起了自己的睡姿。

被下，两件浅黄色的厚棉衣是利仁借与的，动辄让他热得出汗。晚饭时，几杯老酒下肚，醉意更使他浑身热烘烘的。枕畔，格子板窗外面即是寒霜委地的大院子。他是这样的陶陶然，没有一丝苦寒的感觉。这一切与自己在京都的衙房相比，简直有云泥之别。尽管如此，五品心里还是七上八下，像是总有那么一抹不安。时间慢得令人望眼欲穿，可他又盼望天亮——也就是说，喝山药粥的时刻——不要来得太快。两种矛盾的感情相生相克，盖因境遇变化之急剧。五品的心情也变得不安起来，就如今日的天气一样，陡然变得冷飕飕的。凡此种种，置于心头，因此难得这样暖和，竟也不能轻易入睡。

这时，听见外面院子里有人高声说话。听声音，像是今日中途接他们的那个白发家臣在吩咐什么事情。声音干涩，许是从满地霜华上传过来的缘故？凛然似寒风，句句穿透其骨髓。

"这边的下人听着！奉主公之命，明晨卯时前，每人须交长五尺、粗三寸的山药一根。万万不可忘记，务必于卯时前交来。"

这话反复说了两三遍。随即，周遭一如方才渺无人声，恢复冬夜的宁静。静寂中，只有灯油嘶嘶作响。火苗像条红丝绵，摇曳不定。五品把哈欠硬是忍了回去，旋即又沉入胡思乱想——提到山药，准是要拿来做粥。这一想，刚才只顾注意听外面而暂时忘却的不安，不知何时竟又潜上心头，比方才更加强烈。他不愿过早就把山药粥吃个够。这念头偏跟他作对，在脑中盘旋，不肯离去。"饱尝山药粥"的夙愿要是这样轻而易举实现，几年来好不容易忍到今天、盼到今天，岂不白费力气了吗？倘若可能，他倒宁愿突然节外生枝，山药粥喝不成了，等之后再费尽九牛二虎之力喝个够。五品的心思就像陀螺一样，滴溜溜总围着一处转，这时，因旅途劳累，不知不觉间他已醺然睡去。

翌日清晨，五品一睁开眼，便惦记起昨夜的山药一事，所以什么都不顾，先打开了格子板窗。这才发现自己睡得人事不知，早已过了卯时。院子里铺了四五张长席，上面两三千根圆木似的东西堆得像座小山，竟与那斜伸出去的桧皮房檐一般高。定睛一瞧，五尺长三寸粗，齐刷刷的净是大得出奇的山药。

五品揉着惺忪睡眼，看得目瞪口呆。偌大的院子里，好似新打的桩子上，依次安了五六口能盛五石米的大锅。不下几十个穿着白布褂子的年轻侍女，围着大锅忙活。烧火的，掏灰的，将白木桶中的甜葛汁舀到锅里去的，都在为熬山药粥忙得不可开交。锅下冒出的青烟，锅内升腾的热气，同尚未消尽的晨霭融成一片，整个广阔的庭院笼罩在辨不清物事的灰蒙蒙中，唯有锅下熊熊燃烧的烈焰，发出红彤彤的亮光。所见所闻，乱乱哄哄，就像着了火打起仗似的。五品这才了解到，熬山药粥竟是用这样大个的山药在这样的大锅里煮！自己就为喝这口粥，眼巴巴地从京都跋涉到越前的敦贺来。这一切使他越想越不是滋味。这时五品那值得同情的胃口其实早已倒掉了一半。

一小时之后，五品同利仁、利仁的岳丈有仁共进早膳。面前一个带梁的大银锅里，浩然如海水般装了满满一锅的，正是那可怕的山药粥。五品方才看见几十个年轻后生，灵巧地舞弄薄刃，从一头将堆得房檐高的山药麻利地切碎。然后，那些侍女跑来跑去，把切好的山药拾掇起来放进一口口大锅里。等到长席上的山药一根不剩时，便见几团热气从锅中冉冉升腾到晴朗的晨空。混合着山药味、甜葛味的粥香扑鼻而来。目睹这一切的五品，此刻面对银锅里的山药粥，不等品尝就已腹满肚胀了——这恐怕一点儿也不夸张。五品面对银锅，难为情地揩着额上的汗水。

"这山药粥，您从未喝个够。现在不用客气，只管喝吧。"

有仁吩咐仆人们，又在桌上摆了几只银锅。锅里的山药粥都满得几乎溢出来。五品本来就红彤彤的鼻子，现在越发红了，他将锅里的山药粥盛出一半倒在大土钵里，闭上眼睛，硬着头皮喝了下去。

"家父也说了，务请不要客气。"

利仁从旁不怀好意地笑道，劝他再喝一锅。五品哪里吃得消？这山药粥，打一开始他就一碗都不想喝。如今捏着鼻子才勉强喝了半锅。再多喝一口，不等下咽就会呕吐出来。可话说回来，倘若不喝，等于辜负利仁和有仁的一片厚意。于是，他又闭上眼睛，把余下的半锅喝掉了三成。最后，连一口都难以下咽了。

"感激不尽，已经足够了——哎呀呀，实在感激不尽。"

五品语无伦次，尴尬透顶，胡子上、鼻尖上淌着豆大的汗珠子，简直不像身在寒冬季节。

"吃得太少啦，客人显然客气哩。喂喂！你们在干什么呢？"

仆人们照有仁吩咐，又要从银锅往土钵里盛粥。五品挥动着两手，像驱赶苍蝇一样，表示坚辞之意。

"不能要了，已经够了……太失礼了，足矣足矣。"

若不是利仁这时指着对面屋檐说："瞧那边！"有仁说不定还会不停地劝五品喝粥。幸好利仁的声音把众人的注意力引到了那处房檐。朝阳洒在桧皮葺的屋檐上。炫目耀眼的阳光下，老老实实地坐卧着一只毛色润泽的畜类。一看，正是前日利仁在荒郊枯野的路上捉过的那只阪本野狐。

"狐狸也要吃山药粥哩。来人呐！赏它些吃的！"

利仁的吩咐当即得到回应。狐狸从屋檐上跳了下来，直奔院里去吃山药粥。

五品瞧着狐狸吃山药粥，回想起来此地之前的自己，心中感念颇多——那是受众多武士愚弄的他，是挨京都小童辱骂的他——"你个酒糟鼻！
算什么东西！"他穿着褪了色的短褂和裙裤，像条
丧家之犬，彷徨在朱雀大路上，可怜而孤独。但
同时又有将"饱餐一顿山药粥"的夙愿暗自珍藏
在心的幸福。他放心了，可以不必再喝山药粥了，
满头的大汗也渐渐开始消去。天气晴朗，敦贺的
早晨却寒风刺骨。五品忙不迭地捂起鼻子，却冲
着银锅打了好大一个喷嚏。

大正五年（1916）八月

（魏大海　译）

猴

子

那时，我刚刚完成一次远洋航行，"雏妓"（军舰上对见习军官的称呼）见习期即将结束。我所属的 A 号军舰驶入横须贺港后的第三天下午，大约三点前后，上岸人员集合的喇叭声嘹亮地吹响。记得轮到右舷的同伴上岸，以为大家已列队甲板，突然又响起了全体集合的号角，想必出了大事。我们一无所知，一边登舱一边互相探问："怎么回事？"

全体人员集合后，副舰长含糊其词地说："……最近，本舰发生了两三起窃案。尤其是昨天，城里钟表商来的时候，丢了两只银壳怀表。现在要对全体人员搜身检查，还要检查你们的随身物品……"钟表商丢失东西，我是第一次听说，但舰上有物品被偷，我们却皆有耳闻——一个军士、两个水兵的钱被偷走了。

搜身检查，当然都要脱了衣服。幸好还是十月初，太阳照耀港内海面的红色浮标，给人夏天的感觉，所以并不感觉多么难受。可是那些打算早早上岸爽一把的伙伴却丢了丑，一搜身，恐怕从口袋里搜出的净是春宫画或避孕套。众人起哄，弄得他们面红耳赤，无地自容，扭扭捏捏地不愿受检。结果有两三个人挨了长官的嘴巴。

舰上全员六百人之多，统统查一遍，谈何容易。六百个人赤身裸体排列在军舰甲板上，堪谓天下奇观。一个脸膛、手臂黢黑的轮机兵因受怀疑，所以满脸怒气，摆出一副"脱下裤衩任你搜个遍"的架势。

上甲板如此折腾，中甲板和下甲板也开始检查物品。所有舱口都布置了见习军官，所以上甲板的人不可能下去。我被指派检查中下甲板，便和同伴一起检查士兵的衣服袋子、小箱子之类。自我上舰，干这种事还是头一回。查检横梁后头和放衣服袋子的隔板里，真是难以想象的麻烦。终于，和我一样是见习军官的牧田发现了赃物。手表和钱都在一个名叫奈良岛的信号兵放帽子的盒里被找到，还发现了服务生丢失的那把柄上镶嵌蓝色贝壳的小刀。

于是宣布其他人解散，紧接着命令信号兵集合。其他人自然高兴得不得了，尤其是曾被当作怀疑对象的轮机兵更是兴高采烈。但信号兵集合后，却没见奈良岛。

我没有经历过这类事情，毫无经验。不过听说军舰上发现了被盗赃物时，常常找不到窃贼——当然多半都畏罪自杀了。自杀的方式十之八九是吊死在煤炭储藏室里，而几乎没人跳海。还听说这艘军舰发生过剖腹事件，幸而被人发现才保住了性命。

正因如此，军官们一听说奈良岛不在，便统统大惊失色。尤其是那个副舰长，他惊慌失措的样子，我至今还历历在目。听说他在上一次战争中还是英勇善战的骁将，那时却也脸色煞白，乱了方寸，看上去实在可笑。我们互相交换眼色，露出轻蔑的神情。这个人平时开口闭口就是精神修养什么的，瞧现在这副狼狈相……

副舰长一声令下，立刻开始全舰搜索。此时感觉到兴奋的，大概不止我一人——就像失火时看热闹的那种心情。警察抓罪犯的时候，还会担心对方拒捕，而军舰上绝无此虞。尤其是我们与水兵间森严的上下等级——没进过军队的人几乎无法理解——正是这严格的等级使我等无所顾忌。我几乎一跃而起，跑下舱口。

和我一起下来的还有牧田，他好像也很兴奋，从背后拍着我的肩膀，说道：

"喂，我想起抓猴子的事了。"

"嗯，今天这猴子没那只敏捷，放心好了。"

"你这么麻痹大意，会让它跑掉的。"

"什么？跑掉？一只猴子罢了。"

我们说笑着，跑下舱去。

刚才说的猴子，是本舰在澳大利亚远洋航行时，布里斯班港的某人送给炮长的。可是在军舰驶进威廉港的前两天，猴子拿着舰长的手表不知去向，闹得军舰上翻了天。或许大家长期航行在海上，百无聊赖，才会发生那种事情。炮长自不待言，我们也全体出动，工作服都没脱就下机房上炮塔，四下找寻，闹腾得人仰马翻。搜寻中竟发现其他人弄来的各类小动物——小狗在脚边碍事地跑动，鹅嘎嘎叫，挂在绳上笼子里的鹦鹉发疯似的拍打翅膀，简直就像马戏团着了火。

这时，那只猴子不知从什么地方钻出来，突然蹿到甲板上，手里还拿着那只手表，像要爬上桅杆的样子。恰好两三个水兵在那儿干活，当然不能让猴子跑掉。其中一人一把抓住猴子的脖子，制服了它。手表除了玻璃外壳破裂，基本没损坏。后由炮长提议，猴子受到禁食两天的惩罚。可笑的是，也是炮长本人破坏自己规定的惩罚期限，不到两天，就给猴子吃了胡萝卜和芋头。他的理由是："瞧它垂头丧气的样子，虽是猴子，也让人于心不忍。"实际上，现在我们寻找奈良岛的心情，与那时寻找猴子的心情差不多。

　　我第一个跑到下甲板。下甲板从来都是黑咕隆咚的地方，擦得锃亮的金属器件和喷漆的钢板到处堆放着，泛着淡淡的微光。我总觉得有点儿喘不上气来，在昏暗中朝着煤炭储藏库走了两三步，突然看见储藏库的装煤口露出一个人的上半身，吓得差一点儿惊叫起来。这个人正从窄小的装煤口往储藏库里爬，先把脚伸了进去。他的脸被裹有蓝色水兵服的肩膀和帽子遮住，无法辨认是谁，且因光线暗淡，只看见黑黢黢的上半身。直觉告诉我这正是奈良岛。要果真是他，他进煤炭储藏库里来，没准儿是打算自杀。

　　我感到异常兴奋，那是一种浑身热血沸腾般难以言状的愉快，就像是手持猎枪的猎手发现猎物时的那种心情。我不顾一切地向对方扑去，双手比猎犬更加敏捷地紧紧按住他的肩膀。

　　"奈良岛！"

　　我的声音既不像斥责也不像怒骂，莫名其妙得尖锐而颤抖。不言而喻，他就是犯人奈良岛。

　　奈良岛并没有挣脱我抓住他的手，他上半身

依然悬在装煤口上，仰脸平静地看着我。"平静"这个词不足以形容他当时的神情。他要迸发出自己的全部力量，却又必须保持平静。"平静"里透出万般无奈和迫不得已，仿佛被狂风吹折的帆桁在风暴过后，勉为其难地返航。我没有遇到潜意识中预想的反抗，萌生了一种类似不满的情绪，烦躁气恼、默不作声地俯视着那张"平静"的脸。

我从来没见过这等面容。这面容，连魔鬼看了都会哭。若非亲眼所见，便是无法想象他那泪水汪汪的眼睛。你或许能想象他嘴角肌肉突然不由自主地痉挛。他那汗津津的惨白脸色不难形容，但那惊恐万状的表情，却是任何小说家都无法描写的。就算你是小说家，这一点我也敢对你断言。我感觉他的表情如一道闪电，给了我致命的一击。那个信号兵的表情居然给了我如此强烈的震撼。

"你要干什么？"

我机械式地发问。大概由于心理作用，听起来像是问自己。"你要干什么？"——要是别人这么问我，我该怎么回答呢？"我要把这个人作为犯人抓起来。"——谁都可以这样理直气壮地回答。看见这张脸，任何人都会这么说。我这样写成文字，像是经历了好长时间，其实几乎在一瞬之间，某种自责掠过我的心头。就在这时，一个微弱的声音尖锐地钻进我的耳朵："我没脸见人。"

也许你可以形容，我听到的是自己心灵发出的声音。我只觉得那句话像一根针扎入我的神经。我恨不得和奈良岛一道说"我没脸见人"，我们面对的是比我们强大的无形压力。我不知不觉松开了抓住奈良岛肩膀的双手，仿佛自己才是被抓的犯人，我们呆呆地站在煤炭储藏库前。

后来发生的事情大抵不言自明。当天，奈良岛被关了一天禁闭，第二天即被送往浦贺的海军监狱。我不太愿意说的是，那监狱经常让囚犯"搬运炮弹"，就是在相距大约八尺的两个土台之间，囚犯抱着二十来斤的铁弹不停地来回搬运。折磨犯人，大概没有比这种方法更痛苦的了。记得先前借过陀思妥耶夫斯基的《死屋手记》，其中写道："只要让囚犯徒劳地重复某种工作，比如把甲水桶里的水倒在乙水桶里，再把乙水桶里的水倒回甲水桶里，囚犯非自杀不可。"浦贺的海军监狱实际上就是这么干的，却没有囚犯自杀，简直不可思议。被我抓住的那个信号兵就要送到那儿去。他脸上有雀斑，个子不高，看上去懦弱而老实……

那天，我和几个见习军官倚在栏杆上，眺望着暮色初降的港口。牧田走到我身旁，带着揶揄的口气说道："你活捉了猴子，可立了大功啊。"他或许以为我内心在扬扬得意。

"奈良岛是人，不是猴子。"

我没好气地把他顶回去，转身离开。其他人肯定觉得奇怪，我和牧田自海军军官学校时起就是好朋友，从未吵过嘴。

我独自在上甲板上从舰尾走到舰头，想起副舰长担心奈良岛生死时那副惶惶不安的神情，不禁感到亲切。当我们把那个信号兵当作猴子对待的时候，只有副舰长对他显示了人的同情。我们蔑视信号兵的那种态度实在愚蠢至极。我低下头去，感到羞愧。我在暮色昏暗的甲板上又从舰头走回舰尾，尽量不让皮鞋发出声音——若让关在禁闭室里的奈良岛听见我们急促有力的皮鞋声，我心里过意不去。

据说，奈良岛的偷窃行为还是起因于女人。我不知道他的刑期有多长。至少有几个月，他必须在黑暗的牢房中度过。猴子可以免受惩罚，人却无可幸免。

大正五年（1916）八月

（魏大海　译）

手
绢

东京帝国法学科大学教授长谷川谨造[1]先生坐在阳台的藤椅上，阅读斯特林堡[2]的《剧本创作法》。

先生的专业是殖民地政策研究，所以，读者或对先生阅读《剧本创作法》感到有些突兀。不过，先生作为颇负盛名的学者和教育家，即便是与专业研究无关的书籍，只要某种意义上和现代学生的思想或感情有关联，他就会尽量抽空去浏览。就说眼下，先生兼任高等专科学校的校长，而这

1　本文的长谷川谨造以新渡户稻造为原型。新渡户稻造，日本近代著名国际政治活动家、农学家、教育家。

2　斯特林堡（August Strindberg，1848—1912），瑞典剧作家、小说家。著有小说《红房子》《女仆的儿子》《疯人辩护词》，戏剧《父亲》《朱莉小姐》《到大马士革去》《死之舞》等。

些书是这所学校的学生喜欢看的，就因为这个原因，他甚至不辞辛劳地阅读奥斯卡·王尔德的《自深深处》和《意图集》。这样的一位先生在阅读欧洲近代戏剧、演员论，就不足为怪了。在先生的熏陶下，有的学生要写易卜生论、斯特林堡乃至梅特林克[1]论，有的则要继承近代戏剧家的事业，立志献身于戏剧创作。

先生每看完一章寓意深刻的文章，便将黄皮布面的书籍放在膝盖上，漫不经心地瞥一眼挂在廊檐下的岐阜灯笼[2]。奇怪的是，每逢此时，先生的思绪便离开了斯特林堡，而想起和自己一起去买这个灯笼的夫人。先生在美国留学期间结婚，夫人是美国人。然而她喜欢日本和日本人的程度与先生没有丝毫差异。尤其对日本做工精致的工艺美术品，更是爱不释手。所以把岐阜灯笼挂在

---

1 梅特林克（Maurice Maeterlinck，1862—1949），比利时剧作家、诗人。作品具有神秘象征性，曾获诺贝尔文学奖。诗集有《温室》，戏剧有《盲人》《佩利亚斯与美丽桑德》《青鸟》等。

2 岐阜灯笼，岐阜特产，骨细纸薄，绘有山水花鸟。夏日挂于檐下，有凉爽的感觉。

廊檐下，与其说是先生的喜好，不如说由此窥见了夫人的日本情趣之一端。

先生每次合上书本，就想起夫人和岐阜灯笼，以及灯笼所代表的日本文明。先生深信，日本在最近五十年里，物质文明获得了相当显著的进步，但精神方面几乎没有明显的进步。岂止如此，从某种意义上说，精神文明正在堕落。那么作为现代思想家，当务之急是抑制这种堕落。先生断定，除了活用日本传统的武士道，别无他法。武士道绝非局限于狭隘的岛国国民道德，其中包含着与欧美各国基督教精神一致的东西。倘能以武士道精神认知现代日本的思潮走势，则不仅是对日本精神文明的贡献，也有利于欧美各国国民与日本国民的相互理解，或许还能促进世界和平——先生平素立志成为这个领域联结东西的桥梁。因此，夫人和岐阜灯笼，乃至灯笼所代表的日本文明，才在先生的意识里相互保持着一种和谐，这无疑是皆大欢喜之事。

但是在获得了几次这样的心理满足以后，先

生发现自己的思绪与正在捧读的斯特林堡渐趋渐
远。他不满地摇摇头，眼睛又回到细小的铅字上，
重新开始认真地阅读。他刚好看到这样的一段
文字：

　　演员体会最普通的感情，发现一种恰
如其分的表现手法。当他通过这个方法获得
成功时，就容易落入俗套，即不论时间、场
合是否合适，动辄运用老套手法。一方面乃
因驾轻就熟，另一方面也是因为己获得了
成功……

先生与艺术，尤其与戏剧，本来是风马牛不
相及的关系。即使是日本戏曲，至今也只看过屈
指可数的几次。他一个学生写的小说里出现"梅
幸"这个名字，素来以博闻强记为傲的先生竟对
之全然不知。于是在为该书写序的时候，他把学
生叫来，问道：

"这梅幸是什么意思？"

"梅幸……吗？这个梅幸，就是丸之内帝国剧场的专职演员哪，现正在《太阁记》第十场里扮演操这个角色。"身穿小仓裙裤的学生恭敬地回答。

所以，先生对斯特林堡精准评论各种表演方法的文章，谈不出任何个人见解。他只能藉之联想起在西方留学期间看过的一些戏剧中的场面，从中领略几分旨趣。也就是说，这和中学英语老师为寻找英语的俚语，阅读萧伯纳的剧本没有多大区别。兴趣嘛，毕竟只是兴趣而已。

廊檐上挂着尚未点燃的岐阜灯笼。长谷川谨造先生坐在藤椅上捧读斯特林堡的《剧本创作法》。我只要写这么一件事，读者大概就能轻而易举地想象这是何等漫长的夏日午后时光。然而千万不要因为我这一说，就认为先生百无聊赖。如若有人这样解释，则肯定是故意嘲讽曲解我写作的心情。此刻，先生连斯特林堡也只得暂且搁下。女佣突然禀告，有客来访，这就大扫先生的雅兴。世间的时光漫长，先生却不得片刻清闲……

先生放下书本，拿起女佣送来的小名片瞥了一眼。象牙色的纸片上，字体纤细地写着"西山笃子"。先生觉得，以前与此人似未谋面过——先生交际很广。他从藤椅上站起来，为慎重起见，还是在脑子里又翻阅了一遍名单，仍旧不记得见过这么个人。于是先生把名片当作书签夹在书里，把书放在藤椅上，然后匆忙地整理了一下丝绸单衣前襟，望着眼前的岐阜灯笼。这种时候，主人往往比在外面等待的客人更着急，大概没有例外。想必无须特别说明——先生性格严谨，即使不是对今天这样的陌生女客，也没特意拒绝的必要。

须臾，先生估摸了一下时间，便推开会客室的门。就在他松开门把手之时，几乎同时，约莫四十岁的女客也从椅子上站了起来。客人的穿着出乎先生意料，温文雅致。她身穿铁青色和服单衣，外罩黑色罗纱短外套，胸前细细的衣缝上清爽的菱形翡翠带扣格外显眼。对这些琐事原本迟钝的先生一看她的发型，也知道那是圆髻。她长着一张日本人独特的圆脸，皮肤呈琥珀色，看似贤妻良母。先生瞧她一眼，觉得在哪里见过。

"我是长谷川。"先生和蔼地招呼道。心想若是以前见过面，这一说，对方没准儿会主动提起。

"我是西山宪一郎的母亲。"

对方声音清晰地自我介绍，然后恭恭敬敬地还礼。

先生还记得西山宪一郎 —— 也是他的学生，写过关于易卜生、斯特林堡的评论，专业好像是德国法律。进大学以后，还经常带着思想问题，到先生这里来请教。今年春天因患腹膜炎，住进了大学的医院，先生还顺道去看望过一两次。先生觉得这个妇女似曾相识，也不是没有道理。那个浓眉、快活的青年与眼前这位妇女，简直像一个模子刻出来的，惊人地相似。

"哦，是西山君的……是嘛。"

先生兀自点点头，指着茶几那边的椅子道：

"请坐吧。"

妇人先对自己的突然来访表示歉意，恭恭敬敬地施礼后，坐在椅子上。紧接着，她从衣袖里取出一块白色的像是手绢的东西。先生一见，即把茶几上的朝鲜团扇递了过去，自己也在这边的椅子上落座。

"贵宅真漂亮。"

妇人略显做作地环视屋内。

"哪里，就是大一点儿，没什么用。"

先生早已习惯此类寒暄。这时，女佣端来凉茶。先生让女佣把凉茶放在客人面前，改变话题问道：

"西山同学怎么样？病情有好转没有？"

"啊，对了。"

妇人谦恭地把双手重叠在膝盖上，略一停顿，接着平静地说下去，语调沉着而流畅：

"其实，今天我也是为孩子的事登门拜访的。终于还是去世了，生前一直受到先生关照……"

先生以为，妇人没有喝茶是客气，于是自己端起盛着红茶的茶杯送到嘴边。他觉得，与其勉强相劝，不如自己先端起茶杯。然而茶杯还没有触及他柔软的髭须，妇人的一番话却让先生猛然一惊。听到学生的死讯，这茶是喝还是不喝呢？这一问题瞬间使先生左右为难。茶杯已经端在手里，也不能就这样放下来。先生终于下了决心，咕嘟一口喝了半杯，他微皱眉头，用好像呛着的声音说道："太可惜……"

"他住院的时候一直惦念先生。知道先生很忙，思前想后还是前来通知一声，表示感谢……"

"哪里，您太客气了。"

先生放下茶杯，又拿起涂有一层青蜡的团扇，怃然说道：

"到底还是去世了啊。正是大有作为的年纪……我也好久没去医院看望，以为他痊愈了呢……噢，什么时候去世的呢？"

"昨天刚好是头七。"

"在医院去世的吗？"

"是的。"

"呀，真的很意外……"

"不过，已经尽力而为了，只好认命。到这个地步，也没必要怨天尤人了。"

交谈之间，先生突然发现了一个意外的事实：这个女人的态度举止一点儿也不像在谈论自己儿子的死。眼睛里没有泪水，声音也和平时一样，甚至嘴角还泛出一丝微笑。不听内容，光看外表，简直就像一个妇人在聊着茶余饭后的闲事——先生觉得有点儿奇怪。

先生在柏林留学的时候，当今德意志皇帝的父亲威廉一世驾崩。当时先生正在一家经常光顾的咖啡馆里，听到这个讣告，只是照常感慨一番，且如平时一样，拐杖夹在腋下，精神抖擞地回到了租住处。到家之后，主人家的两个孩子却从两边抱住了先生的脖子，"哇"地一齐大哭起来。一个是十二岁的女孩子，穿着茶色上衣；另一个是九岁的男孩子，穿着深蓝色短裤。先生素来喜欢这两个孩子，不明白发生了什么事，只好一边抚摸他们色泽光亮的头发，一边问："怎么啦？怎么啦？"他们却仍然伤心地哭泣不停，抽搭着呜咽道："陛下老爷爷去世了。"

先生觉得不可思议。一个国家元首去世了，

何以使小孩子如此悲伤？他不禁思考了皇室与国民的关系问题。来到西方国家后，西方人冲动的感情流露常使先生为之惊异，但孩子们的反应更让信奉武士道精神的日本人先生大为吃惊。当时惊讶与同情融为一体的感触至今难以忘怀——现在先生正是出于这个角度，觉得眼前这个女人的平静，实在出乎人之常情。

先生很快又有了第二发现。

主客间的话题从回忆去世的学生转到日常生活，再回到对死者的缅怀。此时，先生手中的朝鲜团扇，一不小心啪地滑落到拼木地板上。谈话的空当，先生从椅子上俯身去取地板上的扇子。扇子掉在茶几底下——妇人套在拖鞋里的白布袜子旁边。

这时，先生的目光偶然落到妇人的膝盖上。她拿着手绢的手放在膝盖上。当然，这没什么可奇怪的。但先生同时发现妇人的手在剧烈地颤抖。大概为竭力控制激动的情绪，她两手使劲儿攥着手绢，像要撕裂的样子。被攥得皱皱巴巴的手绢刺绣花边，在她纤细柔软的手指间微风吹拂般地抖动——妇人脸上一直挂着微笑，其实全身都在恸哭。

先生拾起扇子，抬起头来的时候，他的脸上浮现出方才没有过的表情。这种表情极其复杂——有看了不该看的东西的虔敬心情，又带有迎合了上述期待的某种满足感，甚至有些做作与夸张。

"我没有孩子，但非常理解您的痛苦心情。"

先生像是看着一个晃眼的东西，脖子略微夸张地后仰，声音低沉，充满感情。

"谢谢。但是现在不论说什么，人都不能死而复生……"

妇人带着感激略微欠身，明朗的脸上依然荡漾着优雅的微笑。

两个小时以后，先生洗完澡，吃过晚饭和饭后的水果樱桃，又舒适地坐在廊檐的藤椅上。

夏季的白天很长，黄昏也久久泛留着朦胧

的亮光，敞开玻璃窗的宽大廊檐尚未暗下来。先
生左腿叠放在右腿上，脑袋靠在藤椅上，在黄昏
的微光中呆呆凝视着岐阜灯笼的红流苏。虽然手
里还拿着那本斯特林堡，却一页也没看。这也难
怪——先生满脑子还是西山笃子夫人那显现坚强
的言谈举止。

先生一边吃饭一边把这事的始末告诉夫人，
称赞这正是日本妇女的武士道。夫人热爱日本和
日本人，闻之自然同情不已。先生发现夫人是自
己的热心听众，心满意足。夫人、刚才那个妇人，
还有岐阜灯笼——如今三者以某种伦理的背景，
浮现在先生的意识里。

不知先生沉浸在这样幸福的回忆里过了多久。
在回忆的过程中，突然想起一家杂志向自己约过
稿。这家杂志以"致现代青年的信"为题，征询
各方名流关于公众道德的见解。先生挠了挠头心
想，以今日之事为素材，尽快写出一篇感想寄
去吧。

先生挠过脑袋的手，现在持着斯特林堡的作

品。他注意到刚才一直没有顾及的书，翻开了夹
有名片的那一页。这时，女佣过来点亮了头顶上
的岐阜灯笼，便可阅读书上细小的铅字了。其实
先生并没有看书的心情，只是目光漫不经心地落
在书页上。斯特林堡如是说：

> 我年轻时，人们对我讲过海贝尔克夫人
> 的，可能是巴黎的手绢的故事，说的是她"脸
> 上浮着微笑，双手却把手绢一撕两半"的双
> 重演技。我们现在把这个叫作派头。

先生把书放在膝盖上。书打开着，西山笃子
的名片还夹在书里。此时先生的心里想的已不再
是那个妇人，也不是夫人和日本文明，而是一种
试图打破平衡和谐的莫名其妙的东西。斯特林堡
批判的表演方法与道德实践自然是不同的问题。
然而刚才看到那段话的暗示中，有一种莫名的东
西搅乱了先生沐浴后平静闲适的心情。武士道的
做派啊……

先生不快地摇了两三下脑袋，然后抬眼瞧着描绘有秋草图案的明亮的岐阜灯笼……

大正五年（1916）九月

（魏大海　译）

烟草与魔鬼

日本原先没有烟草这种植物，那么是什么时候舶来的呢？年代的记载不尽相同。有的说在庆长年间，有的说在天文年间。不过，庆长十年左右，似乎各地都有种植。在文禄[1]年间，吸烟已普遍流行，还出现这样的讽刺打油诗："莫听禁烟令，有钱鬼推磨。天皇玉音远，玄啄尽庸医。"[2]

那么，是谁把烟草带到日本来的呢？历史学家皆云，是葡萄牙人或西班牙人。其实未必尽然，还有个传说一般的答案：烟草是魔鬼万里迢迢带来日本的。这个魔鬼是天主教神父（或为方济

---

1 庆长，即 1596 年至 1615 年；天文，即 1532 年至 1555 年；文禄，即 1592 年至 1596 年。

2 江户幕府颁布禁烟令，制定流通货币。玄啄，京都鹰峰东面的地名。

各[1]）。

这么说，天主教徒会也许会谴责我诬蔑他们的神父。但我觉得，或许事实的确如此。正如南洋的神渡来之时，恶魔也随之而来；西洋的善输入之时，恶亦随之而来。这是再自然不过的事情。

但我无法保证就是这个魔鬼把烟草带进来的。阿纳托尔·法朗士在他的著作中说，魔鬼想用桂花引诱一个和尚。这样看来，魔鬼将烟草带来日本的传说未必是一派胡言。退而言之，即使是编造的谎言，某种意义上这个谎言或也出乎意外地接近于事实——基于此念，我想把烟草进入日本的传说记录下来。

天文十八年，魔鬼化身方济各·沙勿略手下的一个传教士，经历了漫长的海上航行，安然抵达日本。魔鬼有机会这么做，乃是因传教士本人

1　方济各·沙勿略（St. Francis Xavier，1506—1552），西班牙天主教耶稣会传教士。1549 年去日本传教，1551—1552 年两次到中国广东上川岛。

在阿妈港¹之类的地方上了岸，黑船上的其他人并未觉察就启航了。于是，一直用尾巴缠在桅杆上、倒挂着身子偷偷观察船内动静的魔鬼立刻变成这个传教士的模样，朝夕侍奉于方济各神父身边。这恶魔去拜访浮士德的时候，还能变成身披红斗篷的潇洒骑士，所以这么点儿小把戏无足挂齿。

可是到了日本一看，与他在西洋阅读的《马可·波罗游记》大相径庭。书上说此国遍地铺金，实际上全无那般景象。看来，只要自己用指甲点石成金，就具有大大的诱惑力。另外马可·波罗说，日本人有珍珠起死回生术，看来也是谎言。既是谎言，自己只消往各地的井里吐口唾液，让疾病流行，人们就会无奈地把死后升天堂的事忘得一干二净。魔鬼跟在方济各神父后面，装作一本正经的样子到处参观，心里却在盘算这些事，脸上露出得意的微笑。

但他却面临着一个难题，这难题让魔鬼亦束

1　阿妈港，指澳门。日本在室町时代称澳门为天川，因有妈祖庙而又称阿妈港。

手无策。方济各神父初来乍到，还没有开始传教，日本连一个天主教徒都没有，也便找不到引诱对象。魔鬼感觉相当为难，首先便是不知道如何打发这段无聊的时光。

魔鬼左思右想，决定种植园艺植物来消磨时光。他离开西洋时，把各种各样的植物种子装在耳朵里带来，于是借了一块附近的田地。恰巧方济各神父也对此事极为赞成——当然，方济各神父以为是自己手下的传教士想把西方的药草之类移植到日本。

魔鬼立刻借来犁锄，辛勤地开垦路旁的田地。

正值初春，空气湿润，云霞暧暧，远处寺院传来柔和荡漾的钟声，似催人眠。那钟声柔沉恬静，不像听惯了的西方教堂的钟声，清越嘹亮地贯通脑门。但是，魔鬼绝不可能因为身处这样的和平环境，心情就变得轻松愉快。

魔鬼一听这寺院钟声，比听圣保罗教堂的钟声还要难受痛苦，皱起眉头，拼命翻地。一听到这悠扬舒缓的钟声，沐浴着温煦和暖的阳光，他的心灵不知不觉间就松弛下来，既不想行善也不想作恶。这样的话，特地跨海引诱日本人的计划，莫非就要泡汤？魔鬼本来讨厌干活儿——因而手掌没有伊万妹妹看重的老茧 [1]，现在这样卖力地挥动锄头翻地，就是为驱赶不断袭扰自己心灵净化的睡意。

经过数日劳动，魔鬼终于翻好了这块土地，便把藏于耳中的种子播种在田垄上。

几个月后，魔鬼播下的种子发芽生长。至夏末，宽大的绿叶茂密地覆盖着整个田地。没有一个人知道这是什么植物。连方济各神父询问他，他也没有回答，只是咧嘴嬉笑。

不久，植物的茎部顶端绽开了簇簇花朵。花色淡紫，状如漏斗。魔鬼看着辛勤劳动的结果，

---

[1] 俄国作家托尔斯泰的童话《傻瓜伊万》中说，到伊万家吃饭的客人，伊万的妹妹都要先看他们的手掌，如果没有干活生出的老茧，就不许入座。

心里非常高兴。除了早晚祈祷，他总在地头精心培育。

有一天（方济各神父去外地传教的几个日子里），一个牛贩子牵着一头黄牛从田地旁经过，见身穿黑袍、头戴宽边帽的南蛮[1]传教士，正在圈围栅栏、紫花锦簇的旱地里，专心致志地捉拿叶上的虫子。牛贩子没见过这种花，觉得好奇，不由得停下脚步，摘下斗笠，十分客气地向传教士打招呼。

"请问神父先生，这是什么花呀？"

传教士回过头去。牛贩子一看，原来是一个鼻矮眼小的洋人，看上去和蔼可亲。

"你是问这个吗？"

"是的。"

传教士一边走到栅栏旁边一边摇头，用磕磕巴巴的日本话说："对不起，这个花的名字，我不能告诉别人。"

---

1 南蛮，日本室町时代至江户时代对暹罗、吕宋、爪哇等南洋岛屿的称呼，也指经南洋来到日本的欧洲人及物品。

"哦？是方济各神父大人不让说的吗？"

"不，不是的。"

"那您还不能告诉我吗？我最近也受到方济各神父大人的教导，信教了呀。您看……"

牛贩子扬扬得意地指着胸前。传教士一看，他的脖子上果然挂着小小的铜十字架，在阳光下闪闪发亮。也许是觉得晃眼，传教士微皱眉头，低下脑袋，但立刻又抬起头来，用更亲切温和的语调半认真半玩笑地说：

"还是不能说。这是我们国家的规定，不许告诉别人。不过，你猜猜看吧。日本人很聪明，一定猜得着的。你要是猜着了，就把这地里长的东西全送给你。"

牛贩子以为传教士在和自己开玩笑，被晒黑的脸上泛起微笑，故意装模作样地略歪脑袋，说道：

"这是什么花呢？一下子还真想不出来。"

"不一定非得今天，给你三天时间，好好考虑。也可以去问别人。猜中了，把这些都给你。另外送你红葡萄酒和人间乐园图之类的吧。"

牛贩子似乎对传教士的热情感到吃惊：

"要是猜不着，怎么样呢？"

传教士把帽子往后脑勺推了推，摆了摆手，笑起来。他的笑声尖利得像乌鸦叫，牛贩子有点儿惊讶。

"要是猜不着，我就跟你要点儿什么。打赌吧。猜得着猜不着，就拿这个赌。要是猜着了，全给你。"

传教士的声音又变得温和下来。

"好，就这样。我也豁出去了，您要什么，我给您什么。"

"什么都肯给吗？这头牛呢？"

"没问题呀，输了就给您。"

牛贩子笑着抚摸牛的额头。他似乎认定这待人热情的传教士是在开玩笑。

"我赢了，就把这一片开花的草给我？"

"是的，没错，一言为定。"

"一言为定，以圣主耶稣基督的名义发誓。"

传教士听牛贩子这一说，一双小眼睛闪闪发亮，满意地呼哧两三下鼻子，然后左手叉腰，稍微挺起胸脯，右手摸着紫花，说道：

"要是猜不着，我就要你的肉体和灵魂。"

传教士说完，伸出右手，举到头上，摘下帽子，只见蓬乱的头发里长着两只山羊一样的犄角。牛贩子吓得面色苍白，手里的斗笠掉到地上。大概由于太阳西斜的缘故吧，刚才还耀眼闪亮的紫花顿时黯然失色。连黄牛似乎也感到害怕，低头发出粗重低沉的叫声……

"记住咱俩的约定。你可是对着我不能说出名字的花草起誓了。别忘了，三天期限。好吧，再见。"

魔鬼恭敬礼貌的口气显然含带着轻蔑。说完，他还故意对牛贩子深鞠一躬。

牛贩子后悔自己糊里糊涂中了魔鬼的圈套。照此下去，自己肯定要被这恶魔抓住，肉体和灵魂皆在"永不熄灭的烈火"中焚烧。那自己抛弃了以前的信仰，接受天主教洗礼，不是徒劳吗？

不过，既然以圣主耶稣基督的名义起了誓，就要信守诺言。当然，方济各神父在的话，或许还有办法。偏巧不在。这三天里，牛贩子晚上未曾合眼，绞尽脑汁要想出一个办法巧妙地对付魔鬼。想来想去，唯一的办法是必须知道植物的名称。可是连方济各神父都不知道，谁还能知道呢？

在期限的最后那天晚上，牛贩子又无奈地牵着那头黄牛悄悄来到传教士的住所。传教士的家挨着田地，面朝大路。走近窗户前，屋里漆黑，传教士或许睡觉了。月亮高悬，仍是朦胧夜色，寂静无声的田地里一片紫花在黑暗中泛着凄凉的微光。牛贩子想好了一个对策，虽无充分把握，还是悄悄来到了这里。可看到这万籁俱寂的景象，心里忐忑不安起来，甚至打算转身回府。尤其想到那个头顶长着山羊角的先生正在那扇门后面做着地狱梦，好不容易勉强鼓起的勇气沮丧地消失殆尽。但是，想到自己的肉体和灵魂就要交给那个恶魔，又暗下决心绝不能气馁示弱。

于是，牛贩子只好祈求圣母玛利亚保佑自己，他断然实施了制订的计划。要说计划，其实不过是把牵来的黄牛缰绳解开，在牛屁股上使劲一击，把牛赶进地里。

牛的屁股被打痛了，跳跃起来，冲破栅栏，在田地里狂跑乱踩，牛角几次撞击了传教士家的板墙。蹄子声、吼叫声，震撼着淡薄的夜雾，偌大的骚动响彻四方。这时，有人打开了窗户探出头来。天黑，看不清什么模样，但肯定是化身传教士的魔鬼无疑。大概是心理作用，牛贩子在黑暗里清清楚楚地看见了对方头上的两只角。

"这畜生，怎么踩踏我的烟草地？"

魔鬼一边挥手一边用困倦的声音吼骂。大概魔鬼刚刚入睡就被吵醒，气得火冒三丈。

然而魔鬼的这句话对于躲在田地后面偷看动静的牛贩子，简直如上帝之言……

"这畜生，怎么踩踏我的烟草地？"

与所有类似的故事一样，这个故事的结局也

十分圆满。牛贩子不费吹灰之力说出了植物的名字，赢了魔鬼，地里的烟草全部归他所有。

我觉得，这古老的传说包含着更加深刻的意义。魔鬼没有得到牛贩子的肉体和灵魂，烟草却在日本全国普及开来。牛贩子的胜利伴随的是堕落，魔鬼的失败却伴随着成功——魔鬼是不会吃亏的。当人类以为自己战胜魔鬼的引诱时，说不定已经失败了。

顺便简述魔鬼的结局：方济各神父从外地回来，凭借神咒的威力把魔鬼赶出此地。后来，魔鬼好像仍旧装作传教士的样子到处流浪。据载，在修建南蛮寺的这段时间里，他经常出入京都。据说把松永弹正[1]玩弄于股掌之间的果心居士就是这个魔鬼变的。此说出自拉夫卡迪奥·赫恩[2]的作

---

1 即松永久秀（1510—1577），日本室町时代末期武将。三好长庆
  的家臣，弹正少弼，在信贵山筑城，消灭主家，投降织田信长，
  后又背叛，失败死亡。
2 拉夫卡迪奥·赫恩（1850—1904），即小泉八云。作家，生于希腊，
  1890 年到日本，与小泉节子结婚，遂入日本籍。

品，恕不赘述。及至丰臣、德川颁布禁教令[1]之初还时有露面，最终则离开了日本——有关魔鬼的记载，到此为止。明治时期以后，他又来日本，对其情况毫无所知，实为遗憾……

大正五年（1916 年）十月

（魏大海　译）

1　丰臣秀吉于 1587 年下令禁止天主教。德川家康于 1613 年重新下
　令禁止天主教。

MENSURA ZOILI[1]

一 意为佐利亚价值测定仪——芥川的自造词。

我在轮船的休息室正中间，隔着桌子，与一个古怪的男人相对而坐。

且慢，我说是轮船的休息室，其实并不确切，我只是根据房间的样子以及窗外的海洋，才勉强做出这个判断，也许只是一个更平常的地方。不，还是轮船的休息室。如果不是，不至于这么摇晃。我不是木下杢太郎[1]，不明白什么叫几厘米的摇晃。但的确是在摇晃。要是觉得我是瞎说，你看一下窗外一上一下的水平线，就会立刻明白。在灰蒙蒙的阴天下，一望无际的大海呈现出一片含混不

1　木下杢太郎（1885—1945），日本诗人、剧作家。与北原白秋创刊《昴》《屋上庭园》。诗集有《饭后之歌》，戏剧有《和泉屋染坊》等。

清的青绿色，海水与灰云交锋的地方一直以各种各样的弦线切割着圆形的窗框。其间有同蓝天一色轻飘飘的东西飞翔，或是海鸥之类的海鸟吧。

与我相对而坐的古怪男人戴着高度近视镜，似乎百无聊赖地看着报纸。他大胡子、方下巴，好像在哪里见过，却怎么也想不起来。看那一头乱蓬蓬的长发，想必属作家、画家这等阶层。不过那身茶色西服总觉得不合身。

我偷偷注视着他，且一小口一小口品尝着小酒杯里的甜味洋酒。我也正觉得无聊，本想与之聊天，可对方的长相显得冷若冰霜，我便犹豫着没有开口。

这时，方下巴先生使劲伸直两条腿，忍住哈欠说道："啊，真没劲儿！"然后从眼镜里瞟我一眼，继续看报。这时，我更觉得和他见过面。

休息室里只有我们两个人。

又过了一会儿，这个古怪的男人又重复一遍："啊，真没劲儿！"然后把报纸扔在桌子上，茫然地看我喝酒。于是我说："陪我喝一杯，好吗？"

"哦，谢谢。"他不说喝还是不喝，略低下头，说道，"啊，太没劲儿了。这样子，也许船到那边，人也闷死了。"

我表示同意。

"要踏上 ZOILIA[1] 的土地，大概还需要一个多礼拜吧。我坐船已经坐够了。"

"是……ZOILIA 吗？"

"是呀，ZOILIA 共和国。"

"有 ZOILIA 这个国家吗？"

"这就怪了。您不知道 ZOILIA 吗？我真没想到。我不知道您究竟打算去哪里。不过这条船是驶往 ZOILIA 港啊，早就是惯例啦。"

我感到困惑，仔细一想，自己甚至都不知道为什么要乘坐这条船。更何况 ZOILIA 这个国家，从来没有听说过。

"是吗？"

"当然是啊。ZOILIA 是一个很有名的古老国

1　ZOILIA，虚构的国家。取意于以语言刻薄著称的希腊评论家左伊卢斯（Zoilus）的名字。

家。您大概也知道，被荷马骂得一塌糊涂的也是这个国家的学者。在 ZOILIA 首府，现在还立着他那很漂亮的颂德碑哩。"

我大吃一惊，没想到这方下巴还这么博学。

"这么说，那是相当古老的国家啦。"

"嗯，相当古老。神话里说，原先那里只有青蛙，是智慧女神雅典娜把它们变成人的。所以，有人说 ZOILIA 人的声音像青蛙。不过，我觉得这说法不正确。根据现有的记录，辩倒荷马的那个豪杰是最早的 ZOILIA 人。"

"那么，现在还是高度文明的国家吗？"

"当然。尤其是在首府的 ZOILIA 大学，集中了该国出类拔萃的学者，不亚于世界任何其他大学。最近这所大学的教授发明的价值测定仪，获得了高度评价，可以说是现代科学的奇迹。当然，这是我从 ZOILIA 出版的《ZOILIA 日报》上看到的信息。"

"价值测定仪是什么东西？"

"就是字面所说的，测定价值的仪器。本来像是用来测定小说、绘画价值的。"

"什么价值?"

"主要是艺术价值。当然也可以测定其他价值。在 ZOILIA,因为这关系到祖先的名誉,所以仪器的名字叫作 MENSURA ZOILI。"

"您见过那东西吗?"

"没有。只看过《ZOILIA 日报》上的插图。从表面上看,与普通的计量器一模一样。只要把书或者绘画放在上面就行了,画框或者装帧对测定会有所影响,但把这些误差修正过来,问题不大。"

"这倒是很方便。"

"非常方便,这就是所谓文明的利器。"方下巴从口袋里掏出一支朝日牌香烟,叼在嘴里,说道,"有了这个东西,那些挂羊头卖狗肉的作家和画家就不得不销声匿迹了。因为作品的价值如何,可以通过数字明明白白地显示出来。尤其是ZOILIA 国民,会立刻把这些数据存储在海关里,我认为这是最聪明的做法。"

"这又是为什么呢？"

"外国进口的书籍和绘画每一件都通过这个仪器测定，没有价值的东西，就绝对禁止进口。听说最近对日本、英国、德国、奥地利、法国、俄国、意大利、西班牙、美国、瑞典、挪威来的作品都会测定，其中日本的作品成绩最差。可是在我们偏袒的眼光里，日本也有不少出色的作家和画家啊。"

我们这样闲聊的时候，休息室的门打开了，一个黑人男童服务生走进来。他穿着蓝色的夏天衣服，看上去敏捷机灵。服务生将夹在腋下的一叠报纸默默地放在桌子上，然后立刻消失在门后。

方下巴一边磕烟灰，一边拿起一份报纸。那是所谓的《ZOILIA 日报》，他看得懂这楔形文字一样稀奇古怪的文字，我又一次对他的学识渊博感到吃惊。

"还净是 MENSURA ZOILI 的事。"他看着报纸，说道，"这里刊载的公开意见，是对日本上个月发表的小说价值的评价，还附有测定工程师的记录。"

"有关于久米正雄的吧？"我惦念着我的朋友。

"久米吗？一篇名叫《银币》的小说吗？有的。"

"价值如何？"

"不行。上面是这么写的：他的创作动机是发现无聊的人生，且整个格调过于老成，作品总体显得低俗卑微。"

我听了以后，心里很不痛快。

"可惜啊。"方下巴冷笑着说，"也有你的《烟管》。"

"怎么写的？"

"也差不多，说是没有任何常识性以外的东西。"

"哦……"

"还有这么一句话：该作者很快就开始粗制滥造……"

"哎呀呀……"

不快的感觉过后，我开始觉得有点儿受到愚弄。

"不仅仅是你，所有的作家和画家，只要用测定仪一测，全都完蛋，因为弄虚作假根本不管用。哪怕是自己的得意之作，价值反映在测定仪上，原形毕露。当然，互相吹捧也改变不了测定的事实。所以啊，只有下苦功精心创作真正有价值的作品啊。"

"可是，怎么判断这种测定仪的评价是正确的呢？"

"只要把名著放在上面就知道了。如果把莫泊桑的《一生》放在上面，指针立刻显示出最高价值。"

"就这么一放吗？"

"没错。"

我没有说话，因为觉得方下巴的话里含有一种荒谬的逻辑。我又产生了一个疑问。

"那么，ZOILIA 的艺术家创作的作品也要通过测定仪评判吧？"

"ZOILIA 的法律禁止这样做。"

"为什么呀？"

"因为 ZOILIA 的国民不同意，这没办法。ZOILIA 自古就是共和国，严格奉行'Vox populi, vox Dei'（人民的声音即神的声音）。"

方下巴表情神秘地微笑起来，继续说道："听说把他们的作品放在测定仪上，指针会指向最低价值。如果真是这样，他们不是左右为难？要么否定测定仪的准确性，要么否定自己作品的价值。不论怎样，对他们都不是一件好事——不过，这只是传闻。"

这时，轮船忽然剧烈颠簸摇晃起来，方下巴一下子从椅子上滑落下来，桌子也倒下来压在他身上。酒瓶、酒杯翻倒了，报纸也掉在地上。看不见窗外的水平线。传来盘子破碎、椅子倒地的声音，接着是波浪撞击船舷声——"咣唧！咣唧！"莫非是海底火山喷发？

我忽然惊觉醒来，发现自己正坐在书房的摇

椅上一边看着约翰·欧文[1]的剧本《评论家》(*The Critics*)，一边打瞌睡。我刚才一直以为自己在轮船上，大概是因为摇椅摇晃的缘故吧。

　　方下巴好像是久米，又好像不是久米，至今还不清楚。

大正五年（1916）十一月二十三日

（郑民钦　译）

1　约翰·欧文（St. John Ervine, 1883—1971），爱尔兰剧作家、小说家。

运气

网眼稀疏的挂帘悬于门口，即使在作坊里，也能清楚地看见街上的情形。这条街道通往清水，人来人往。手敲金钲的僧侣走了过去，身着壶装束[1]的妇女走了过去。接着，十分罕见的黄牛网代车[2]也过去了。这一切，都是透过宽叶香蒲草帘稀疏的网眼看到的。有的从左往右，有的从右往左，来来往往。只有和煦的春日午后阳光烘烤下的土的颜色没有变化。

一个年轻武士，在作坊里百无聊赖地看着街上行人来往，冷不丁对作坊主人陶匠说：

---

1 壶装束，平安时代至镰仓时代中流阶层以上妇女徒步外出的装束。

2 网代车，一种牛车。大臣、纳言、大将等外出时乘坐。车厢外面包有用竹子或扁柏木片编织的网状罩。

"参拜观音菩萨的人还真是不少啊。"

陶匠正专心于工作，心不在焉地应道：

"是啊。"

这陶匠老头小眼睛，鼻子上翘，长相有点儿滑稽，但无论长相还是表情，都让人看不到一丝恶意。他身穿麻布单衣，头戴皱皱巴巴的软乌漆帽，倒像是近来声名大震的鸟羽僧正画卷中的人物。

"我也想每日参拜呢，否则真是背运难改。"

"别开玩笑。"

"不是玩笑。只要能转好运，我也会虔诚信佛。日参也好，参笼[1]也好，我也可以做到呀。就当是和神佛做一笔买卖唄。"

年轻武士口无遮拦，他舔着下唇，烦躁地环视作坊。这作坊背靠竹林，稻草葺顶，陋屋窄小得都能使鼻子碰壁。门帘外面的街道上人来人往，屋子里却似已有百年宁静。赭红色陶器瓶瓶罐罐，

---

1 日参，每日参拜。参笼，即宿寺参拜，在神社、寺院里居住数日，昼夜祈愿。

沐浴着舒缓的春风。连燕子没准儿都不愿在这家梁上做窝……

年轻武士见老头没有回答，继续说道：

"老爷子您活到这岁数，见多识广。您说说看，观音菩萨真的会予人好运吗？"

"是啊。过去时有耳闻。"

"怎么样呢？"

"这可不是一两句话能说清楚的。而且，你们也不会对这样的故事感兴趣。"

"别这么说，我还是有一点儿虔诚之心的呀。要是能转好运，我明天就……"

"您那是虔诚之心，还是买卖之心哪？"

老头挤着眼角皱纹笑起来，手里的泥土已捏成壶的形状，好像来了劲儿。

"我就是说了神佛真意，你们这年龄也听不明白呀。"

"听不明白？正因为不明白，才问老爷子您啊。"

"不是神佛给不给运，而是在于给的好运还是坏运。"

"好运坏运，不给怎么能知道呢？"

"这种事，恐怕您一时半会儿难以明白。"

"不是不明白什么运好运坏，是不明白这个道理。"

太阳西斜，落在街上的影子比刚才稍稍长了一点儿。两个头顶木桶的卖货女人拖着长长的身影，从门帘外走过。其中一人手里拿着樱花树枝，大概是送给店主的礼物。

"如今西头市场开麻纺线店铺的老板娘也这样。"

"我这不是一直想听老爷子说这些故事吗？"

两人沉默片刻，年轻武士用指甲揪着下巴的胡子，同时心不在焉地望着街道。街道上泛着贝壳般的白色亮光，莫非是刚才的樱花？

"老爷子，您不想说吗？"

年轻武士带着倦意问。

"既然您这么问，那就说一个吧。不过是老掉牙的故事。"

陶匠老头这样说着，然后慢慢地开始讲述，用那种忘却了日子长短的人才有的慢条斯理的语调娓娓道来。

"说来是三四十年前的事了。那女人当时还是个姑娘，去清水寺乞愿于观音，望一生安乐。姑娘唯一的亲人母亲死后，每天的日子苦不堪言，所以向观音菩萨祈愿，是十分自然的。

"她母亲原是白朱神社的巫女，一度炙手可热，后来传说她会降伏狐狸的巫术，就门庭冷清，很少有人再上门。加之脸上生有一些浅浅的麻子，年轻水灵又与实际年龄大不相符，人高马大的，瞧那模样，别说狐狸，降伏男人也不在话下……"

"别讲她的事，我想听姑娘怎么了。"

"别呀，这是开场哪。母亲死后，就靠姑娘柔弱的肩膀支撑家业，可不管怎样拼死拼活，日子还是难以为继。那么聪明漂亮的姑娘去宿寺参拜，却因衣衫褴褛，耻于见人。"

"哦，姑娘这么漂亮啊……"

"是啊，无论气质还是外貌，连我这种挑剔的人，都觉得是百里挑一，到哪儿也毫不逊色。"

年轻武士稍微捜了一下褪色的蓝色水干[1]袖口，说道：

"真可惜啊，生不逢时。"

老头用鼻子"哼哼"着一笑，继续慢慢地说下去。屋后的竹林传来阵阵莺啼。

"姑娘在寺院做了三七忌[2]，到结愿那天晚上，突然做了一个梦。当时，同在大殿祈愿的一个驼背和尚正嘟嘟囔囔地念着什么陀罗尼经[3]。或因精神作用，姑娘困得迷迷糊糊，耳边却一直萦绕着念经声，仿佛蚯蚓在廊檐下低鸣——那声音不知不觉间变成人声，对她说道：'你回去的路上，有一个男人会和你说话。他怎么说，你就怎么做。'姑娘一下子从梦中惊醒了，却听见和尚还在念陀罗尼经。她竖起耳朵，却不知念的什么。随之，她不经意地扫了一眼，只见昏暗的长明灯映照出

---

1 水干，类似猎装，原为民间服装，后为公卿便服。

2 人死之后的二十一天，在寺院做法事。

3 又称大悲心陀罗尼经。以"广大圆满无碍大悲心"作喻。

观音菩萨的坐像，如平素参拜时一样端庄神妙。不可思议的是，此时仿佛有一人在她耳边低语：'他怎么说，你就怎么做。'于是姑娘一心认定，那是观音菩萨的神谕。"

"真是怪事。"

"夜深以后，姑娘离开寺院，沿缓缓的山坡下去，想去五条街。路上，一个男人冷不丁从背后抱住了她。那时正是温暖的早春，暗夜之中，看不清对方的脸，更不知道对方穿的是什么衣服。只是当她甩开对方时，不经意地触到了男人的胡子。哎呀呀，结愿之夜果真灵验。

"姑娘问男人姓甚名谁，没有回答；问其住处，亦无回答。只听得一声'老实点儿'，便被连抱带拽沿下坡路一直往北。姑娘又哭又叫，但三更半夜，路上连个人影都没有，又能奈何？"

"噢，后来呢？"

"后来，姑娘被拽到了八坂寺塔中，当晚就在塔里过的夜——嗨，这一夜的详情，无须老朽赘言。"

老头挤着眼角的皱纹笑道。街上来往行人的影子越来越长，微风轻拂，不觉间把飘落于地的樱花吹拢身边，粉白的花瓣点点零落在崖檐下的滴水石上。

"你可别胡编乱造啊。"年轻武士拔着下巴的胡须，突然想起了什么似的说道，"说完了？"

"哪里啊。要是光这些，就没必要特地讲给您听了。"老头继续摆弄着手里的陶壶，说道，"天亮以后，男人对姑娘说：'不管怎么说，我们能够这样，也是前世姻缘，我要娶你为妻。'"

"哦，是吗？"

"若非神佛托梦，姑娘肯定不从。但她认定此乃观音菩萨旨意，只好点头应承。于是两人走形式般地碰了杯。接着，男人从塔内拿出十匹绫罗、十匹丝绸给姑娘。瞧您这么神气，能做到这样吗？"

年轻武士嘻嘻笑着，没有回答。黄莺也不再啼叫。

"接着，男人说黄昏时回来，就把姑娘一个人留在塔中，慌慌张张不知去了哪里。姑娘觉得孤寂难耐，再聪明伶俐，到这时也会心里发慌。姑娘闲得无聊，走到塔内东张西望。一看不要紧，不仅有绫罗绸缎，还并排码着好几个箱子，装着珍珠宝玉或金沙。姑娘原本性格沉稳，此时看了也大惊失色。

"拥有这么多的金银财宝，可以肯定地说，他不是劫匪就是窃贼。她想到这里，何止是无聊，突然间产生了恐惧之感，觉得一刻也不能在这儿继续待下去。万一倒霉被捕快抓住，不知要遭多大的罪。

"姑娘正要返回塔口逃走，突然听见箱子后面传出嘶哑的声音。她原以为塔里没有其他人，不禁大受惊吓。只见一团像人又像海参的物体团坐在堆积起来的金沙袋子中。姑娘定睛一看，原来是个满脸皱纹、烂眼角、弯腰驼背、个子矮小、年纪在六十开外的尼姑。她仿佛看出姑娘的疑惑，往前挪了挪膝盖，用一种和形象极不相称的温柔语气和姑娘打招呼。

"姑娘觉得这时不能叫嚷，自己想溜的企图要是被对方觉察就麻烦了，于是勉强把手臂支在箱子上，心不在焉地和老尼姑聊天。听这老太婆的意思，她以前是那个男人的做饭女佣。可男人做的什么生意，她却只字不提。姑娘急着要离开，老太婆却又耳背，同样的话翻来覆去要问好几遍，姑娘简直想哭。

"她们一直聊到中午时分，什么清水寺的樱花开了，什么五条街的捐助桥建成了。幸好，大概因为年龄不饶人，姑娘说话也前言不搭后语，老太婆支撑不住开始打盹。姑娘趁机悄悄地爬到塔口，把门打开一道细缝往外一看，恰好一个人影也没有。

"要是姑娘立刻逃走，就不会发生后来的事情。她忽然想起男人早晨送给自己的绫罗绸缎，便又悄悄回到内室去取。可一不小心，脚绊在金沙袋子上，一个趔趄，手触及老太婆的膝盖。老尼姑惊醒过来，一度没弄明白怎么回事，惊愕地瞪着眼睛，随后突然发疯一样紧紧抓住了姑娘的脚，带着哭腔大声叫嚷起来。她说得很快，断断续续的，大概意思是，姑娘要是逃走了，自己就要遭殃了。可姑娘心里明白，留在塔里，恐自己生命难保，所以根本不听老太婆的。两个女人扭打起来。

"她们又打又踢又扔金沙袋子，闹得天翻地覆，连梁上的耗子都差一点儿掉下来。老太婆疯狂扭动，不好对付，但毕竟年老力衰，不是姑娘的对手。很快，姑娘腋下挟着绫罗绸缎，气喘吁吁地从塔口溜出。而老尼姑已累得说不出话。后来才听说，老尼姑的尸体仰面躺在昏暗的角落里，鼻孔出血，脑袋上压着金沙袋子。

"姑娘溜出八坂寺，一路避开人口稠密区，来到五条京极附近的朋友家里暂避。这个朋友也是穷人。姑娘送给朋友一匹丝绸，于是朋友为她烧水煮粥，安排周当。姑娘总算松了一口气。"

"这下子我也放心了。"

年轻武士拔出插在腰带里的扇子，遥望着门帘外的夕阳，轻松地扇动着。这时，五六个穿白衣的神社杂役嬉笑打闹着从帘外走过，留下了一串身影……

"这故事到这里就该结束了吧？"

"还没有。"老头动作夸张地摇摇头，"姑娘住在这朋友家里，路上的行人突然增多，且听得七嘴八舌的谩骂声：'快看，快看，就是这家伙！'姑娘心中本来没底，听这一嚷，心慌意乱。她害怕那个盗贼来报复，或者自己也落入捕快之手。这么一想，已无心思喝粥。"

"哦，是吗？"

"于是，姑娘打开一道门缝，偷偷观察外面，只见在看热闹的男女中，有五六个放免[1]，还有一个狱官气势威严地从门外走过。他们押着一个被绳索捆绑的男人。男人身上的衣物被撕得稀烂，头上的乌漆帽也不知踪影，被拖着往前走。像是要押小偷去藏身之处起获赃物。

"姑娘定睛一看，那小偷不就是昨天夜里五条

1　放免，下级狱吏。

街的坡道上与她搭话的男人吗？姑娘不由得泪水盈眶。后来她亲口对我说，并非自己爱上那男人，而是见他五花大绑的样子，自己突然间痛苦难抑，情不自禁地流下眼泪。我听了她这个故事，心里很有感触……"

"什么感触？"

"也不能随便向观音菩萨祈愿哪。"

"不过，老爷子，那个女人后来生活过得不错吧？"

"岂止不错，她把那些绫罗绸缎卖了做本钱，现在不愁吃穿。这一点，观音菩萨就说到做到。"

"要是这样，吃那点儿苦头也值得啊。"

外面的阳光不知不觉暗淡下来，黄昏将至。只听得风吹竹林的窸窣声，街道上似也不见了过往的行人。

"杀人，做盗贼的老婆，皆非她意愿中事，不得已啊。"

年轻武士把扇子插回腰带，站起身来。老头也在水桶里清洗沾满泥土的双手。两人都从迟暮春日和对方的心情中感觉到些许失落。

"不管怎么说，那个女人是幸福的。"

"您开玩笑吧？"

"绝非玩笑。老爷子，您也这么认为吧？"

"我呀，我可不要那种运气。"

"哦，是吗？要是我的话，二话不说——要。"

"那您就虔信观音吧。"

"没错。从明天开始，我也去宿寺参拜。"

大正五年（1916）十二月

（魏大海　译）

尾形了斋备忘录

　　近时，天主教信徒在村中宣教，惑人心，兹将己之见闻逐一禀报官家。久疏问候，尚希鉴谅。

　　敬启者，今年三月七日，本村农民与作之遗孀篠来到敝舍，称其女儿里（时年九岁）患重疾，恳求我予以诊疗。

　　篠乃农民惣兵卫之三女，十年前嫁给与作，生女儿里后不久，其夫去世。后未婚，以织布及手工副业为生，尚能糊口。然不知何故，邪念攻心，与作病逝后，一心皈依天主教门，频繁出入邻村传教士罗德里格斯[1]家，以至本村盛传其成为该传教士之妾。人言可畏，谴责之声不绝于耳。其父

1　罗德里格斯（Rodrigues，1561—1633），葡萄牙人，耶稣会传教士。1577 年来日本，1596 年任司祭，殁于澳门。

惣兵卫及姐弟苦口婆心百般规劝，然无济于事，篠声称天主乃无上至尊，痴迷不改。朝夕唯与女儿里祈拜谓为十字架的小磔刑柱形状之护身本佛，甚至不去祭扫与作之墓。今与亲属断绝来往，村人数次商议，欲将其驱逐出村。

其前来敝舍恳求治病，余告知难以从命，篠泣归。翌日（八日）又来，恳求道："恳请予以疗治，不忘一世之恩。"余一再拒绝，篠执意不归，泣跪门口，怨道："医生之道，治病救人。小女患此重疾，尔却无动于衷，实难理解。"余称："所言极是，然不予诊治，亦非全无道理。尔平日行状委实不轨，竟屡屡毁谤我等村民所信奉神佛，诬之而为邪门歪道。尔既信奉纯洁正道，缘何求痴迷魔道者为尔女诊治？可向平日信仰之天主求治。余倘施治，尔今后须坚决放弃信仰天主教。如不可，即便医者仁术，亦恐神佛惩罚，断不敢从命。"如此一番话，篠亦无言以对，垂头丧气而归。

翌日（九日）拂晓起，大雨如注，路人绝迹。

卯时前后，篠冒雨前来，亦不打伞，浑身湿透如落汤鸡，再次恳请。余道："君子一言，驷马难追。女儿性命或天主耶稣，二者必弃其一，此为关键。"篠闻之，跪于前，发疯般磕头合掌求拜："所言极是，然天主教义认为，如若叛教，灵肉世代毁灭。此心可怜，万求体恤宽恕。"言辞恳切，声音哽咽。虽为异教之徒，母爱之心一般无二，未免哀怜同情，然岂有以私情废公道之理，不论其如何恳求，如不改信，难以治病。余言毕，篠默然不语，抬头看余，凝视片刻，簌然泪下，伏余脚下，低声泣诉。外面雨声哗哗，篠声如蚊吟，未能听清，再三询问，闻知篠言："既然如此，唯有弃信。"余道："何以为证？"篠道："以此为证。"遂起立，取出怀中十字架，置于门口铺板，用脚连踩了三次。其时态度平静，未见痛苦状，似已泪干，然注视脚下十字架之眼神却如高烧病人，余与仆人皆生恐惧之感。

满足了余之条件，即命仆人肩扛药箱，与篠冒雨出行。彼宅狭小，里独自枕南而卧。里发高烧，近神志不清，可怜双手还不停地在空中画着十字，嘴里含糊念叨"哈利路亚"，每念一遍，均发出会心微笑。"哈利路亚"乃天主教徒赞美神之颂词。篠在其枕边一边哭泣一边安慰。余立刻诊病，伤寒无疑，且为时已晚，无可救药，恐性命难过今日。无奈如实相告，篠又发疯般哀求道："我之弃信，全为挽救小女一命。如未能保全其命，改信便毫无意义。恳请体恤我背叛耶稣天主之痛苦心情，无论如何，救女儿一命。"篠向余磕拜，亦跪求仆人。然病人膏肓，无力回天，遂劝其多加珍摄，不可迷乱。留下熬药三副。时逢雨停，正欲离去，篠拽余衣袖，不让出门。似有所诉，却只见唇动，未闻其声，脸色瞬间煞白，昏厥倒地。余大惊失色，遂与仆人抢救护理，须臾醒来，无力站起，哀泣悲切："只因我浅薄利己之心，致女儿性命与耶稣天主二者皆失。"余百般安慰，无济于事。且其女儿确已无可救药，只好与仆人匆匆归宅。

此日未时过后，名主塚越弥左卫门之母前来诊病，称弥左卫门传言，篠女已死，篠悲伤过度，终致发疯。据其所言，余离开后约两个时辰，巳时上刻，篠即心神狂乱，抱着女儿遗体，高声诵读洋经。此景为弥左卫门亲眼所见，且村里的嘉右卫门、藤吾、治兵卫等皆在场，千真万确，无可置疑。

翌日（十日），早晨小雨，辰时下刻，春雷隆隆，略现蓝天。村里乡士梁濑金十郎差马接余去其府上诊病。余即离家，乘马前往。至篠家门前，见许多村人立于门前，大声叱骂"鬼传教士""天主邪教"。无法行进，便由马背上探看屋内情景。篠家门皆敞，里面有一个洋人、三个日本人，身穿似法衣之黑袍，皆手执十字架或者类似香炉之物，齐声念诵"哈利路亚""哈利路亚"。篠头发蓬乱，怀抱女儿，蹲在右边之传教士脚下，似乎依然神志不清。更令余震惊的是，女儿里双手使劲抱着母亲篠的脖子，有气无力地念诵"哈利路亚"和母亲的名字。余老眼昏花，未能看得真切，但见其女儿脸色红润，美丽异常。她松开抱着母亲脖子的双手，似乎要抓住香炉状物体上袅袅升起的香烟。余立刻下马，向村人打听其女里死而复生的详情。原来是那个传教士罗德里格斯，今晨带着信徒从邻村赶到篠家，听过篠之忏悔，乃祈求天主保佑，有的焚香，或洒神水，篠迷乱之心逐渐平静，不久里亦苏醒过来。众人皆感恐惧。自古以来，死而复生者不在少数，然多为酒精中毒或瘴气感染，染病伤寒死而复生者闻所未闻。由此事亦可知晓天主教乃邪门歪道，尤其传教士来到本村时，春雷震天，谅必招致天谴也。

另外，篠及女儿里当天即随传教士罗德里格斯搬至邻村，其宅由慈元寺住持日宽派人烧毁。此事名主塚越弥左卫门谅已禀报，我之见闻粗略禀报如上。万一有遗漏之处，容后书面补充。以上谨为余之备忘录。

伊予国字和郡一村

医师　尾形了斋

申年三月二十六日

大正五年（1916）十二月

（郑民钦　译）

道祖问答

天王寺别当[1]道命阿阇梨[2]悄悄从被窝里爬起来，慢慢膝行到经桌旁边，在灯下翻开摆在桌上的《法华经》第八卷。

小灯台丁香花一般的火花，明亮地映照着螺钿镶嵌的经桌。耳边的声响，大约是睡在屏风那头的和泉式部[3]轻微均匀的呼吸。春夜的曹司[4]静寂异常，连老鼠的叫声都没有。

阿阇梨坐在白锦镶边的稻草圆蒲团上，怕吵醒式部，便中音静诵《法华经》。

---

1 别当，统管寺院事务的僧官。

2 道命（974—1020），平安时代中期歌人、僧人。父为藤原道纲，母为源近广之女。

3 和泉式部（生卒年不详），平安时代中期的女歌人、文学家。

4 曹司，宫中或官府供官吏或女官使用的房间。

这是他长年养成的习惯。身为傅大纳言藤原道纲之子，又是天台座主慈惠大僧正[1]的弟子，却不修三业，不持五戒，甚至着那种寻花问柳、放荡不羁的dandy（颓废）生活。奇怪的是，空闲时他必定独自诵念《法华经》。他自己好像并不觉得有丝毫的矛盾。

就说今天他来拜访和泉式部，当然不是以修验者[2]的身份，而是作为这位美女的众多情人之一，悄悄前来偷香窃玉，共度寂寞之春宵。然而，还没听见头遍鸡鸣，他就轻手轻脚地爬起来，张开残留着酒气的嘴唇，诵念一切众生皆成佛道的善经。

阿阇梨整了整偏衫衣领，专心致志地读经。

不知道念了多长时间，只觉得灯火渐暗，发蓝的火苗亮度减弱，丁香花般的火球周围出现了黑色的烟结，灯火的形状眼见变得细如线缕。阿

1　大僧正，僧官中的最高位置。

2　修验者，修验道的修行者，祈祷神佛保佑、显灵的行者。修验道是密教的流派之一。

阇梨轻轻地挑了两三次灯芯，依然无济于事。

突然，他发现，随着灯火逐渐暗淡，灯台那头有一处显得特别黑，这一团黑影渐渐变成一个人影。阿阇梨不由得停止念经。

"谁？"

黑影声音含糊地回答说：

"对不起，我是住在五条西洞院旁的老翁。"

阿阇梨身子稍稍后退，定神盯着黑影。那老翁合拢白色水干衣袖，坐在经桌对面，似有什么心事。阿阇梨看不真切，但见他黑漆礼帽带子长垂，举止神态倒不像是狐狸精。尤其手持一把黄色纸扇，昏暗灯火中，竟显得气质高雅。

"老翁何许人也？"

"哦，光说老翁，未能知晓。我乃五条之道祖神[1]。"

"道祖神为何前来？"

"闻你念经，不胜欣喜，特来道谢。"

---

1 道祖神，在山巅、路口、村境等路边，驱散恶灵和疫病的神。

阿阇梨觉得蹊跷，皱起眉头："道命常诵《法华经》，不只是今晚。"

"原来如此。"道祖神略一停顿，黄发稀疏的脑袋稍稍歪斜，依然用低声细语般的声音说道，"身心清净读经之时，上自梵天帝释，下至恒河沙粒之诸佛菩萨，悉能听闻。为此老翁亦不觉下民之悲近在身旁。今夜……"说到这里，语气突然变得讽刺，"今夜你未曾沐浴净身，与女人尽情欢愉，此般诵经，诸路神佛皆嫌不净，故未显灵至此，老翁方能有空前来，道谢闻经之礼。"

阿阇梨大为恼火，尖声喝道：

"你胡说什么？"

道祖神依然不动声色，继续说道："惠心高僧亦云，勿破念佛读经四威仪 [1]，老翁之因果报应，正是险入地狱之恶道。将来……"

"住嘴！"

阿阇梨摸着手腕上的水晶念珠，目光凶狠地

---

1 四威仪，佛教指行、住、坐、卧的规矩。

瞥了老翁一眼。"道命虽不肖,却也读过所有经文论释,各种戒行德目未必无修。难道你以为我是对那些话一无所知的蠢人吗?"

道祖神没有回答,蹲在矮矮的小灯台后面,一动不动地低垂脑袋,似乎对阿阇梨的话充耳不闻。

"你好好听着:生死即涅槃也好,烦恼即菩提也好,都是说静观自身佛性之意。我的肉身等同于三身[1]即一之本觉如来,烦恼业苦之三道等同于法身般若解脱之三德[2],娑婆[3]世界等同于常寂光土[4]。道命乃无戒之比丘,已深知三观三谛即一心[5]之醍醐。所以在道命眼里,和泉式部也就是摩耶

---

1 三身,佛教一般指法身、报身、应身。

2 三德,佛教指涅槃具备的三德:法身、般若、解脱。

3 娑婆,俗世。

4 常寂光土,天台宗四土之一。法身佛所在的净土。

5 一心三观,天台宗同时观察自己内心的空观、假观、中观三谛的方法。

夫人[1]。男女交欢乃万善功德。久远[2]本地[3]之诸法、无作[4]法身之诸佛皆显灵于我等之住所。如此，道命之住所乃灵鹫宝土，并非尔等小乘持戒之丑类妄自容足之佛国。"阿阇梨言毕，正言厉色，挥动手腕，厌恶地斥骂道：

"业障，速速退去！"

老翁打开黄纸扇，像是遮挡脸面，人影逐渐淡去，与变得如萤火虫般的灯火一起猝然消失。这时，远处依稀传来高昂的第一声鸡鸣。

"春天的黎明"时刻将至。

大正五年（1916）十二月十三日

（郑民钦　译）

1　摩耶夫人，即摩诃摩耶，释迦牟尼之母。

2　久远，指释迦如来等佛。

3　本地，为普度众生而显身的本源佛或菩萨。

4　无作，指非因缘生成的自然境界。法性、涅槃的异称。

忠

义

一　前岛林右卫门

板仓修理病愈后，疲劳感略有减轻，却又紧跟着患上了严重的神经衰弱。

肩肿头痛。平时喜欢的读书，也受了很大的影响。只要廊上有脚步声或家人的说话声，其注意力立刻受袭扰。久而久之，只要有些许细微刺激，其神经就备受摧残。

如烟灰缸泥金画的黑底上描着的金色蔓草，纤细的蔓和叶却令之心绪不宁。还有如象牙筷、青铜火筷这种一头尖细的物什亦令之不安。甚至连榻榻米边缘交叉的方角和天花板的四隅，都像刀刃一般令之感到神经极度紧张。

修理只好一天到晚愁眉苦脸，待在起居室。不论做什么事，他都觉得痛苦万分。他时时想，要是存在意识也消失了那该多好，但过敏的神经由不得他。他就像掉进蚁狮深穴的蚂蚁，焦躁地环顾四周。然而，周围只有对其心情毫无理解、谨小慎微的谱代之臣[1]。"我很痛苦，然无人察知我的痛苦。"想到这里，他痛苦倍增。

因无周围人的体谅，修理的神经衰弱越发严重。每每发作便大声叫嚷，闹得左邻右舍鸡犬不宁，且他几次将手臂放在了刀架的长刀上。这种时候，他在大家眼里简直就似一个陌生人。瘦削的黄皮脸不时痉挛着，眼神里都带着一种难以言状的杀气。发作严重时，他总是用颤抖的双手抓挠左右两鬓的毛发——身边伺候的人一看他抓挠鬓毛就知道他又发作了。大家面面相觑，谁也不敢靠近他。

发疯——修理本人亦心存恐惧，何况周围的

1　谱代大臣，世世代代服侍同一家主子的家臣。

人。当然修理很反感周围人的那种反应，但他无法抗拒自己心中的那般恐惧。发病过后，当心情更加忧郁、更加沉重时，他不时意识到这恐惧像闪电一样威胁着自己，一种凶兆似的不安袭扰着自己：恐惧莫非就是发疯的前兆？"真要疯了，我可怎么办？"想到这些，他眼前仿佛突然间出现一片黑暗。

这种恐惧不断被外界刺激引发的烦躁所抵消，反之又不时引发他新的恐惧心情。换言之，修理的心情就像想追扑自己尾巴的猫一样，骨碌碌无休止地重复着不安。

修理的疯病是全家人莫大的忧患，其中最劳心吃力的是家老 [1] 前岛林右卫门。

林右卫门说起来是家老，其实是本家板仓式部派来的亲信，就连修理平时也要敬他三分。林右卫门黑红脸膛，身材魁梧，几乎从来没有生过

---

1 家老，江户时代大名的重臣，统率家中的武士，总管家中一切事务。

病，文武双全，家中武士少有出其右者。正因为这种关系，他在修理这儿一直充当着谏臣的角色。大家称其为"板仓家的大久保彦左"[1]，正是因其忠谏而为他起的外号。

林右卫门眼见修理神经发作，夜不能寐，为主家殚精竭虑，尽心尽力。既然病已康复，虽身体疲惫，也须在近日之内登上城堡。但是若在上殿的时候，在陪同的各位大名、列席的旗本[2]同人面前发病的话，那是何等失礼啊。万一有一天发生杀戮事件，板仓家的七千石俸禄就会被幕府完全没收。殷鉴不远，不能发生堀田稻叶[3]那样的争吵了。

林右卫门想到这里，每天坐立不安。且按他的说法，修理的发病不是身体的疾病，而是心病。于是，像他谏诤放荡不羁的生活、谏诤奢侈浪费

1　大久保彦左（1560—1639），江户前期的旗本，奉仕德川家康，立有战功。后奉仕秀忠、家光，生性寡欲恬淡。

2　旗本，江户时代直属将军的一种武士。

3　指堀田正俊被稻叶正休刺杀事件。堀田正俊性格刚直，政绩卓越，招致诸多私怨，于1684年被刺杀。

一样，他打算果敢地向修理谏诤神经衰弱。

所以一有机会，林右卫门就向修理苦谏，但这对修理的发病毫无减缓的效果。反而是林右卫门越谏诤，修理越焦急，病情越厉害，有一次甚至差一点儿要砍杀林右卫门。修理怒不可遏地说道："你这家伙不把主子放在眼里，要不是看在本家的份上，我一刀宰了你。"当时，林右卫门从修理的眼睛里看到的不仅是愤怒，还有难以磨灭的憎恨。

主仆之间亲密的感情由于林右卫门的不断苦谏，不知不觉变得疏远紧张起来。当然不仅是修理憎恨林右卫门，林右卫门也在不知不觉之中萌生了憎恨修理的情绪，但他并没有意识到憎恨情绪的产生。至少除却最后一刻，他对修理的耿耿忠心没有发生丝毫的变化。"君虽不君，臣不可不臣"，这不仅是孟子之道，其基础更是为人之道。然而，林右卫门不承认这一点……

他始终坚持为臣之道，但是，苦谏的无效使他品尝到痛苦的滋味。于是他决心使用一直在心中盘算的最后一招。这最后一招就是强迫修理隐退，从板仓家族中另选养子拥立。

林右卫门认为，家族为本。现在这个户主，必须在家族面前牺牲自己。尤其板仓本家乃名门世家，自其祖先板仓四郎左卫门胜重以来，未尝有丝毫瑕疵。第二代左卫门重宗继承父业，担任所司代[1]，光宗耀祖之事，不胜其数。其弟主水重昌在庆长十九年（1614）大阪冬季战役媾和之时，不辱使命，此后于宽永十四年（1637）岛原之乱时，统率西国之军，在天草起义中，高举将军御名代之旗帜。这世代名门望族，万一蒙受耻辱，如何是好？作为臣子，岂有脸面在九泉之下见板仓祖辈父老？

于是，林右卫门私下秘密地在家族里物色合适的人选。结果发现当时任若年寄[2]的板仓佐渡守有尚未继承家督的三个孩子。只要把其中一个孩

---

1 所司代，京都所司代，江户幕府的官职。掌管朝廷、公卿事务，监督京都、伏见、奈良的町奉行，负责近畿诉讼、管辖寺院等。

2 若年寄，江户时代的官职，仅次于老中的重要职务，监督管理旗本、御家人等。

子定为继承人，提出养子申请，表面上的事情都好办。当然，这件事只能瞒着修理及其妻秘密进行。他绞尽脑汁想出这个主意，现打算第一次公开出来。这时，他感觉一种从未有过的悲哀使自己的心情暗淡沉闷。这一切都是为了这个家族啊！他的决心里渗透着月晕般的、只能朦胧意识到的、为保护某样东西的一种努力。

身体虚弱的修理首先对林右卫门健壮的身体恨之入骨，接着憎恨他作为本家的仆人却实际上大权在握。最后，修理还憎恨他以家族为核心的忠义思想。"这家伙不把主人放在眼里。"——修理的憎恨情绪如同余烬燃烧的暗火隐藏在这句话里。

就在这个时候，修理突然从妻子那里听到林右卫门的恶毒阴谋。妻子偶然听说林右卫门要逼迫修理隐退，然后扶持板仓佐渡守的儿子为养子上位。不言而喻，修理听到这个消息后，气得发指眦裂。

　　原来如此！也许林右卫门把板仓家族看得高于一切，但是这种忠义，所谓的为了家族的利益，难道就可以蔑视现在所侍奉的主人吗？再说，林右卫门对家族的忧虑也可以说是杞人忧天。因为他的庸人自扰，竟然要强迫自己隐退。说不定在冠冕堂皇的忠义背后，隐藏着伺机霸占这个家族的野心。——想到这里，修理觉得对这个不忠不义之臣，无论采用什么酷刑进行惩罚都不为过。

　　修理从妻子那里听到这个消息后，立即把他以前的哺育管家田中宇左卫门叫来，对他说："将林右卫门处以斩首刑。"

　　宇左卫门歪着头发花白的脑袋，那一张显得比实际年龄更老的脸盘由于最近辛苦操劳的缘故，更增加了许多皱纹。他对林右卫门的图谋也很不以为然。不过，不管怎么说，他毕竟是本家派来的随从。

　　"斩首刑恐怕不妥，要是让他剖腹自尽，保持武士的气节，倒没什么关系。"

　　修理一听，用嘲讽的眼神看着宇左卫门，然

后使劲摇了两三次脑袋。

"这个可恶的混蛋，没必要让他剖腹自尽。斩首！必须斩首！"

修理说着，却不知何故，眼泪顺着没有血色的苍白脸颊簌簌流淌下来。接着，像往常那样，双手开始抓挠鬓发。

修理斩首林右卫门的命令立刻通过林右卫门的心腹传到他的耳朵里。

"好哇！我林右卫门也要争这一口气，绝不能束手送死啊。"

他无所畏惧，凛然回答。一听到这个消息，他心中一直挥之不去的一种难以言状的不安情绪随之消失得无影无踪。如今心里只有对修理的深仇大恨。修理已不再是自己的主子，所以可以毫无顾忌地憎恨他。他瞬间认识到这种逻辑关系，所以心头一下子敞亮起来。

于是，林右卫门率领老婆、孩子以及部下在大白天离开修理的宅院。按照规矩，他把迁移的地址写在纸上，贴在客厅的墙壁上。林右卫门把长枪夹在腋下，走在前头。这一行人，包括扛背武器、扶老携幼的年轻武士和仆人在内，总共也就十人。林右卫门带着他们不慌不忙地出门上路。

此时正是延享四年（1747）三月末。暖风卷起樱花和尘埃吹拂着武士宅院的外屋窗户，林右卫门站在风中，左右环视一遍街道，然后用长枪指挥一行人往左出发。

二　田中宇左卫门

林右卫门离开宅院以后，田中宇左卫门取代他担任家老。由于他曾经是修理的哺育管家，看待修理的目光自然与其他人不同。他以亲人般的感情，关怀修理的病情。修理似乎也只听得进他的话。于是，主从关系远比林右卫门在的时候和谐顺畅。

修理的神经衰弱发作随着夏天的到来逐渐减少，宇左卫门为此感到高兴。他不是不担心修理万一在殿上突然发病有失体统。但是，林右卫门的担心是认为此乃有关家族的大事，而宇左卫门的担心是认为此乃有关主子的大事。

当然，他也考虑家族的事。即使发生变故，只是单纯地导致家族灭亡，这并非大事。但因主子导致家族灭亡，使主子负不肖之名，此乃大事。那么，如何防范大事于未然呢？这一点宇左卫门似乎没有像林右卫门那样具有明确的见解，大概除了祈祷神明保佑和通过自己的赤胆忠诚希望修理停止发病外，别无他法。

这一年的八月一日，德川幕府举行八朔仪式[1]，这是修理病愈以后第一次外出参加公务活动，于是顺便拜访了当时在西丸的若年寄板仓佐渡守。修理在殿上好像并无失礼轻率之处。宇左卫门紧锁的眉宇也终于舒展开来。

---

1 八朔，旧历八月朔日，庆贺农家收获新谷，举行赠答仪式。

但是，宇左卫门的高兴还没持续一天，晚上，板仓佐渡守突然派人来，让宇左卫门赶紧过去。他心头感觉到一种凶兆的威胁。从林右卫门担任老中的时候开始，还从来没听说过别人夜晚派使者登门的情况。而且今天是修理病愈后的第一次上殿。宇左卫门怀着不祥的预感，慌慌张张赶往佐渡守官邸。

不出所料，果然是修理对佐渡守有失礼之举动。今天公务结束以后，修理身穿白色麻布正装礼服到西丸拜访佐渡守。他看上去脸色不太好，佐渡守以为他虽已病愈，却尚未完全康复。说话之间，倒还正常，不像病人的样子。于是佐渡守放下心来，轻松聊天。聊天之中，佐渡守像往常一样，照例问起前岛林右卫门的情况。修理一听，脸色立刻阴沉下来，说道："林右卫门这家伙，前些日子悄悄从我家里逃走了。"佐渡守对林右卫门的为人十分清楚，心想他绝对不会无缘无故背弃主人出走的。于是询问究竟是怎么回事，并且向修理提出忠告：林右卫门毕竟是本家派来的，不论发生什么事，不和本家商量，也不通知本家，这样做是不妥的。但是修理一听，脸色陡变，手按刀柄，说道："佐渡守似乎特别偏袒林右卫门，但是我对自己部下怎么处理，由我一个人说了算。即使你现在是飞黄腾达的若年寄，也用不着多管闲事。"佐渡守没想到修理会如此无礼，一时目瞪口呆，最后推说公务繁忙，急忙起身离座。

佐渡守把事情的始末告诉宇左卫门，依然面带苦涩。他认为：首先，没有把林右卫门离开修理家的原委通知本家，这是宇左卫门的罪过；第二，修理病情尚未稳定，还有神经衰弱发作的迹象，让他参加公务活动，也是宇左卫门的罪责。修理的这番狂言幸亏是对佐渡守说的，要是在列席的各位大名面前如此大放厥词，板仓家族的七千石俸禄将立刻被取消。

"你记住了，以后一定不能让他外出，尤其坚决不能让他上殿参加公务活动。"佐渡守说完，眼睛紧紧盯着宇左卫门，"我只是担心主人在他们面前发病。明白了吗？我这是严肃的吩咐。"

宇左卫门紧皱眉头，口气坚决地回答："知道了，以后一定谨慎从事。"

"嗯，绝对不能再出差错。"佐渡守的口气十分严厉。

"宇左卫门以生命担保，一定照办。"

他噙着泪水，以恳求般的眼神看着佐渡守。但是，他的眼睛除了乞求哀怜的神情外，还流露出一种无法动摇的决心——这并非是禁止修理外出的决心，而是一旦无法禁止修理外出时，将采取什么措施的决心。

佐渡守一见他这副模样，又皱起眉头，厌恶似的把脑袋转向一边。

如果遵从主子的旨意，就会危及家族。如果维护家族，就要违背主子的旨意。林右卫门也曾经陷入这进退两难的苦境，但他具有舍主子保家族的勇气。也许他从一开始就没有把主子看得很重，所以能够轻易地为维护家族而牺牲主子。

但是自己做不到这一点。自己正是为了谋求

家族的利益，才与主子无比亲近。为了家族，仅仅为了家族这个名义，为什么要强迫主子隐退呢？在自己看来，现在的修理与手不能拿驱魔弓箭玩具的幼年修理没什么两样。自己为他讲解的小人书，自己手把手教他的难波津民谣，还有自己制作的风筝……这一切都还残留在自己的记忆里。

如果对主子放任不管，灭亡的不只是家族，主子本人也凶多吉少。从利害得失的角度看，林右卫门采取的策略无疑是唯一明智的方法。自己也承认这一点，但就是无法付诸实施。

闪电划破远处的天空，宇左卫门回到修理的宅院，双手交叉胸前，反复思考这些事情。

第二天，宇左卫门把佐渡守的话原原本本地告诉修理。修理虽然立刻脸色阴沉下来，但没有像平时那样怒气冲冲。宇左卫门提心吊胆地察言观色，略微放下心来。这一天总算平安无事地过去了。

此后修理总是待在起居室里，差不多有十天

没有出门，默默地思考着什么。看见宇左卫门，也不说话。只有一次，那一天细雨霏霏，他听见杜鹃鸣叫的声音，自言自语地说道："这鸟占据了黄莺的窝巢。"宇左卫门趁机接过他的话茬，和他说话。但他立刻又沉默下来，凝视着昏暗的天空。其他时间里，他就像哑巴一样，一声不吭、一动不动地看着拉门，脸上毫无表情。

一天夜里，离十五日的上殿还有两三天时间，修理突然把宇左卫门叫来，屏退旁人，脸色阴沉，说道："佐渡守也说过，我这样的病体，不宜参加公务活动。我思来想去，不如索性隐退。你觉得如何？"

宇左卫门犹豫着没有开口。如果修理说的话出于真心，那是求之不得的。为什么修理这么痛快地让出继承权呢？

"您说得对。佐渡守阁下也这么说。遗憾的只是，除此之外，没有别的办法。那么我先向亲属通报一声……"

"不，不，隐退这件事与对林右卫门的处理不同，不用和亲属商量，他们也会同意的。"修理的脸上露出苦涩的微笑。

"恐怕不妥吧？"

宇左卫门愁眉苦脸地看着修理，但是修理充耳不闻。

"要是隐退的话，想上殿也上不了。所以嘛……"修理盯着宇左卫门的脸，一字一句加重语气说道，"在我隐退之前，上殿一次，这次想去西丸的吉宗官邸拜见他。怎么样？让我十五日上殿吧？"

宇左卫门紧锁眉头，没有回答。

"就这一次。"

"对不起，我想还是不妥……"

"不让我去吗？"

两个人默默对视着，房间里，除了灯芯吸油的声音外，一片宁静。宇左卫门觉得这片刻的时间如同一年一样漫长。他既然已经在佐渡守面前坚决表态，如自食其言，允许修理上殿，自己的武士操守就会毁于一旦。

"我对佐渡守阁下承诺过，所以求您不要去。"

沉默片刻，修理说道："我知道，如果你允许我上殿，会引起亲属的不满。这么看来，我修理是一个疯子，不仅家族亲属，连部下都对我不屑一顾。"修理的声音逐渐激动颤抖起来，再一看，他的眼里含着泪水。他继续说道，"我修理受人冷嘲热讽，还要把继承权让给别人，天日无光，照不到我的身上。我今生今世唯一的愿望就是想上殿一次。我想宇左卫门不会阻止我吧？宇左卫门对我只有怜悯，不应该是憎恨。修理把宇左卫门视为自己的父亲，视为兄弟。不，比亲兄弟更亲。世界如此之大，可是我信得过的只有你一个人，所以，我有时也提出使你为难的要求。但是现在这要求是一生只有一次的要求。宇左卫门，请你体谅我的心情，请你宽恕我的任性。我向你恳求……"

修理双手按地，泪水流淌，俯身于家老面前，额头抵在榻榻米上。

宇左卫门深受感动："快请起来，快请起来！不敢消受。"

他拉着修理的手，强行让他坐起来，自己也落下泪水。随着泪水的流淌，心里不由自主地逐渐涌现出一种安心的感觉。他在泪水中再一次清晰地想起自己在佐渡守面前的许诺。

"好吧，不管佐渡守阁下怎么说，如果出现万一的情况，我宇左卫门甘愿剖腹谢罪。以我一人之过失，定然请您上殿。"

修理一听，立刻兴高采烈，与刚才简直判若两人。变化之快如同演员出色的表演，同时又具有演员所没有的自然。他突然怪声怪气地笑起来。

"噢，你同意了呀？感谢之至。不胜感谢。"接着，他高兴地环视左右，说道，"大家好好听着，宇左卫门同意我进殿了。"

但是，起居室里除了他和宇左卫门，没有别的人。"大家——"宇左卫门不放心地膝行靠前，在昏暗的灯光下，忐忑不安地瞧着修理的眼睛。

三　刃杀

　　延享四年八月十五日早晨八时许，修理在殿中无缘无故地杀死了肥后国熊本城主细川越中守宗教。事件的始末是这样的：

　　细川家族在诸侯中尤其出类拔萃，英勇善战，威名远扬。甚至相传原先为贵族小姐的宗教之妻也精通武艺。宗教洁身自好，毫无疏放之处。至于民谣所唱的"细川三斋到末日，青皮刀下死非命"，完全是天命。

　　后来想起来，在细川家族发生凶变之前，也有几个前兆。第一个前兆是那一年的三月中旬，品川伊佐罗子的宅院毁于一场大火。这座府邸供有妙见大菩萨，而且一旦发生火灾，摆放在神前的名叫水吹石的石头都会喷水，所以从未被烧毁。第二，五月上旬，贴在门上的护符，也就是供奉鱼篮观音的爱染院献上的护符来看，"武运长久、消灾延命"这几个字中少了一个"灾"字。经向上野宿坊[1]的院代[2]咨询，赶紧让爱染院重写。第三，八月上旬，每天夜晚总有一团很大的怪火从宅院大厅附近向草坪方向飞去。

此外，八月十四日白天，一个名叫才木茂右卫门的精通天文的家臣来到目付[3]那里，说道："明天十五日，老爷本人也许会有血光之灾。昨夜观天象，见将星将落。所以请他务必审慎小心，不要外出。"目付本来不太相信这种星术学，但因为主子平时相信这个人的预言，所以让部下把这个意思传达给越中守。于是，越中守取消了原本定于十五日举行的能狂言演出和进殿后顺便去别人家做客的安排。但进殿乃是公务，这项活动似乎无法推辞。

第二天，又出现了一个不祥的前兆。十五日，越中守按照惯例，换上一套全身麻布的武士礼服，

---

1 宿坊，信徒所属的寺院。

2 院代，虚无僧寺庙的住持。

3 目付，检察大名、若年寄等有无违法行为，并向主君汇报的监察官。江户时代直属老中管辖。

然后向八幡大菩萨敬献神酒。但是，当他从侍童手里接过放着装有神酒的两个瓶子的供盘，准备向神前供奉时，不知道怎么回事，两个瓶子突然倒下来，神酒洒到外面。当时在场的人都不由得脸色大变。

十五日，越中守进殿，先由坊主田代祐悦引导进入大厅。片刻后，越中守内急，便由坊主黑木闲斋引路，走入饮水处旁边的厕所。便后出来，正在昏暗的洗手处洗手，突然有人从背后大喝一声砍杀过来。越中守大吃一惊，急忙回头，这时长刀第二次劈来，从眉宇间掠过。鲜血立刻溅入眼睛，看不清对方是谁。对方趁此机会，接连不断挥刀砍杀。越中守踉踉跄跄地挣扎，但终于倒在四间外走廊上。杀人者把短腰刀扔在一旁，仓皇逃走。

陪同越中守的坊主黑木闲斋面对突发事件，惊慌失措，自己先慌慌张张地逃往大厅，找了个地方躲起来，所以没有人知道刚才发生的杀人事件。过了一会儿，一个名叫本间定五郎的仆人从值班室来到仆从室的时候，才发现这件事，便立刻报告给徒目付[1]。于是，徒目付队长久下善兵卫、徒目付土田半右卫门、菰田仁右卫门等人迅速跑到现场。整个宅第像捅了马蜂窝一样，乱成一团。

大家抱起伤者，只见他全身鲜血淋漓，血肉模糊，根本看不出模样，辨别不出是什么人。但是，用嘴对着他的耳朵大声叫喊，他勉强用微弱的声音回答说："我是细川越中。"接着问："是什么人杀你？"回答说："穿着上下一色的礼服。"再问的时候，越中守已不能回答。伤口是"脖子约七寸，左肩六七寸，左右双手约有四五处，鼻上、耳旁、头部有两三处，从后背至右腰间约一尺五寸"。于是，在值班目付土屋长太郎、桥本阿波手以及大目付[2]河野丰前守的陪同下，大家把伤者抬到焚火（有地炉）的房间里，四周围上小屏风，由五个坊主看守，大厅里的大名轮流前来照

---

1 徒目付，江户幕府的官职。受目付领导，担任警卫、侦察等工作。
2 大目付，直属老中领导，监督大名的目付。

顾。其中松平兵部少辅一路上对伤者的关照最为
亲切，其情甚笃，令观者不禁黯然落泪。

同时，立即派人向老中、若年寄禀报此事。
且为防万一，里里外外全部关门锁户，戒备森严。
在大门外等候的各个大名的家臣大吃一惊，知道
宅府里发生了大事，虑及主家安全，立刻骚动起
来。目付几次出来制止，无济于事，如惊涛骇浪，
冲击大门。这时，府邸里面也更加混乱。目付土
屋长太郎带领徒目付、火番[1]等人，在宅府内搜寻
犯人，但是怎么也找不着这个"穿着上下一色的
礼服"的人。

然而，一个名叫宝井宗贺的坊主却在人们意
料不到的地方发现了这个人。宗贺素来胆大，他
一个人在别人不去的地方寻找。走进焚火房间附
近黑乎乎的厕所里一看，发现一个鬓发乱蓬蓬的
人蹲在地上。因里面昏暗，一下子没看清是什么
人。只见他从鼻纸袋[2]里掏出剪子，正剪掉自己

1　火番，江户幕府的职称，负责江户城内的防火工作。

2　鼻纸袋，里面装有钱、口巾纸、药品等物的随身携带的皮袋子。

乱蓬蓬的鬓发。宗贺走到他身边，问道："您是谁啊？"

对方用沙哑的声音回答说："我杀了人，现在正剪头发。"

毫无疑义，此人就是杀人犯。宗贺立即叫人把他从厕所里拖出来，交给徒目付。

徒目付又把此人带到苏铁房间里，由大目付以及其他目付共同审问杀人的详细经过。但是这个人只是目光茫然地看着混乱的情景，不能清楚地回答问题。偶尔开口说话，也是说什么杜鹃鸟。而且好几次用沾满鲜血的双手抓挠鬓发——修理已经完全疯了。

细川越中守在焚火的房间里咽气。按照吉宗的指示，对外只说受伤，放在轿子里，从中口出平川口抬回家里。到二十一日才宣布去世。

越中守死后，修理立刻被关在水野监物[1]家里。

---

1 监物，江户时代的职称，直属于中务省，掌管大藏、内藏的出纳。

也是把他装在轿子里，从中口出平川口。水野家的五十个徒步武士一律身穿崭新的茶色单衣和崭新的白色半短裤，手持崭新的木棒，簇拥在轿子周围，戒备森严。万无一失且周到安全的护送受到大家的称赞。这些家丁都是水野监物平时精心豢养的，以备不时之需。

事件发生后的第七天，二十二日，大目付石河土佐守传达了将军的指示："虽谓疯癫，精神错乱，然刃伤细川越中守，以致死亡，着其于水野监物宅第剖腹。"

修理在大目付石河土佐守面前，面对依照规矩递给他的匕首，只是茫然无措地将双手叠放在膝盖上不想接。于是，介错人¹水野家的家臣吉田弥三左卫门只好从后面砍落其头颅。说是砍落，其实脖子的肉皮还没有全部切断。弥三左卫门手拿脑袋，让检使²官员检验：高颧骨，黄皮肤，闭着眼睛，面目狰狞，惨不忍睹。检使闻着血腥味，

---

1 介错人，站在剖腹自尽者身边，将其头颅砍下来的人。

2 检使，调查非正常死亡者的官员。

用满意的口吻说："很好。"

同一天，田中宇左卫门在板仓式部的府邸被处以斩首罪。其罪状是："虽多次向板仓佐渡守保证禁止修理病中外出，然自作主张，允许其进殿，故导致凶杀事件发生，实属可恶。剥夺七千石俸禄，并处斩首。"

不言而喻，板仓周防守、板仓式部、板仓佐渡守、酒井左卫门尉、松平右近将监等家族诸人均受远虑[1]之惩罚。此外，对越中守见死不救、临危逃脱的黑木闲斋，剥夺其俸禄，驱逐出家门。

修理杀人大概是一个过失，因为细川家族的九曜星家徽与板仓家族的九曜星家徽很相似。修理本想刺杀佐渡守，却误杀了越中守。以前，水野隼人正刺杀毛利主水正也是这样的误杀。尤其是在洗手处这样光线昏暗的地方，看不清楚，

1　远虑，江户时代刑法之一。犯有轻罪的武士闭门思过，不能外出，但可以夜间从便门外出。

容易发生误伤事件。——这是当时人们的一致看法。

但是只有板仓佐渡守反对这个观点。一听到有人这么推断，他就苦着脸说道："我觉得自己没有任何会被修理刺杀的理由。那是疯子干的事，刺杀肥后诸侯，大概是无缘无故。什么杀错人了，都是不负责任的妄加猜测。修理在大目付面前不是说什么杜鹃鸟吗，这么说，说不定他把肥后诸侯当作杜鹃鸟杀的哩。"

大正六年（1917）二月

（郑民钦　译）

貉

　　据《书纪》[1]记载，推古天皇[2]三十五年（627）春二月日本陆奥等地区出现貉精变人的现象。但据异本记载，不是"化人"（变成人），而是"比人"（装扮成人），不过无论哪一种，后来都"歌之"。不论是"化人"也好，"比人"也好，被人们编成歌谣似乎确有其事。

　　据比推古天皇更早的垂仁纪记载，八十七年，丹波国一个名叫瓮袭的人养的狗吃掉了貉，从貉

1　《书纪》，即《日本书纪》，成书于奈良时代的日本流传至今最早的敕撰正史。

2　推古天皇（554—628），日本第三十三代天皇，最早的女天皇，592 至 628 年在位。

肚子里发现了八尺琼曲玉[1]。马琴[2]在《八犬传》中，在八百比丘尼妙椿出场时，借用了这块玉钩。不过，垂仁天皇时代的貉的肚子里只藏有珠宝，不像后来的貉那样千变万化。因此，貉变成人还是始于推古天皇三十五年春二月。

当然，从神武天皇东征的古代开始，貉就住在山里。到纪元一二八八年[3]，貉第一次变成人。这种观点，也许乍听甚觉荒谬，但恐起于此事。

当时陆奥一个汲水的姑娘与同村一个煮盐的青年相恋。姑娘与母亲住在一起。他们每天晚上都偷偷约会，感情甚笃。

小伙子每天晚上都翻山越岭，来到姑娘家附近。姑娘也估摸着时间，悄悄从家里溜出来。但是姑娘毕竟顾忌母亲，经常晚来。有时候在月亮

1　八尺琼曲玉，用大块玉制作的玉钩。一说为系有八尺穗带的玉钩，三种神器之一。

2　即曲亭马琴（1767—1848），江户时代后期的通俗小说家，代表作有《八犬传》等。

3　特指皇纪。从神武天皇开始，神武元年对应公元前660年。

西斜的时候才能脱身出来，有时候到鸡叫头遍时还没出来。

这种情况连续出现几次以后，小伙儿蹲在屏风般的岩石背后等待，为了排遣寂寞，便大声唱歌。他把朝思暮想的着急情绪集中在嘶哑的喉咙里，为了不让汹涌澎湃的涛声掩盖自己的歌声，他扯着嗓门歌唱。

母亲听到青年的歌声，便问睡在身边的女儿，那是什么声音。女儿起先装睡，但母亲问了好几遍，只好回答说好像不是人的声音——姑娘心慌意乱，随口回答，糊弄母亲。

母亲又问："不是人的话，是什么在唱歌？"

女儿灵机一动，回答说："可能是貉。"

自古以来恋爱就让姑娘变得聪明机智。

第二天，母亲就把听见貉唱歌的事告诉了附近编织草席的老太婆。老太婆夜里也听到了歌声。"貉能唱歌吗？"——虽然心里半信半疑，却又把这件事告诉给割芦苇的男人。

一传十，十传百，这件事传到来村里讨饭的和尚耳朵里。和尚向大家详细解释貉唱歌的原因——按照佛教的轮回转生之说，也许貉的灵魂原先是人的灵魂。这样的话，人能做的事，貉也能做，所以在月夜里唱歌这事也不足为奇……

此后，村里又有几个人听见过貉唱歌。最后甚至还有人说自己亲眼看见过貉。那是一个去海边寻找海鸥蛋的男人，他在回来路上的残雪微光中，看见一只貉一边唱歌一边在海边的山上动作缓慢地徘徊。

既然看见了貉的身影，全村男女老少都听到貉的歌声自然完全合情合理。貉的歌声有时从山上传来，有时从海边传来，有时甚至从散落在山岭与大海之间的茅草屋顶传来。不仅如此，连姑娘自己有一天夜里也突然被歌声震惊……

姑娘当然知道这是小伙子的歌声。她听着母亲均匀的呼吸，知道母亲睡得很香，于是轻手轻脚爬出被窝，把门打开一道细缝，观察外面的动静。外面只有淡淡的月光和温柔的浪声，看不见小伙子的身影。姑娘环视四周，仿佛突然受到春夜的冷风吹袭，姑娘捂着脸颊，吓得僵立不动。因为她借着朦胧的月光，看见门前的沙地上清晰地印出点点貉的脚印……

这件事传到几百里以外的京畿地区。于是山城的貉变成了人，近江的貉变成了人，最后连与貉同类的狸也开始变成人。到了德川时代，佐渡一个名叫团三郎、非貉非狸的先生甚至会变成大海彼岸的越前国人。

也许大家会说，不是貉真的会变，而是人们相信它会变。但是，真的会变和相信会变之间，究竟有多少区别呢？

不仅貉。对于我们来说，一切存在的东西之所以存在，归根结底，不都只是因为我们相信其存在吗？

叶芝在《凯尔特的曙光》中说，吉尔湖边的孩子们从小就坚信身穿蓝色和白色衣服的基督新教女就是圣母玛利亚。从同样活在人心里这个角度上看，湖上的圣母与山泽的貊别无二致。

正如我们的祖先相信貊会变成人一样，我们不是也相信活在我们心中的东西吗？而且按照自己所信仰的，决定我们的生活方式。

这就是不可轻视貊的原因所在。

大正六年（1917）三月

（郑民钦　译）

世之助的故事

上

朋　友　我向您请教一件事。

世之助　什么事？怎么这么客气……

朋　友　今天和平时不一样。你近日就要从伊豆的什么港乘船去女护岛[1]，今天是为你饯行。

世之助　是啊。

朋　友　所以，要是我说出来，恐怕扫了大家的兴，在太夫面前，也有点儿诚惶诚恐。

世之助　那就别说。

1　日本传说中的地名，只有女性居住的海岛。井原西鹤的浮世草子《好色一代男》中，主人公世之介最后前往之地。

朋　友	可是不说不行。不然的话，我就不会问了。
世之助	那你说吧。
朋　友	可我又不好开口。
世之助	为什么？
朋　友	无论是对我，还是对你，都不是什么好事。尤其是你，即将出发，所以我今天才下决心问你。
世之助	到底什么事？
朋　友	嗯，你觉得会是什么事？
世之助	你这个人真叫人着急。快说，什么事？
朋　友	你这么痛快，反而叫我不好开口。就是……最近我看西鹤写的书，说你七岁就和女人有那种关系……
世之助	喂、喂，你是不是想劝阻我呀？
朋　友	不要紧，大叔你还年轻得很……你今年六十岁，这六十年里，和三千七百四十二个女人发生过……
世之助	你这家伙说话一点儿也不客气。

朋　友　和三千七百四十二个女人睡过觉，玩弄过七百二十五个少童，这是真的吗？

世之助　真的，是真的。不过请你说话委婉一点儿。

朋　友　我有点儿不相信。就算你再厉害，这三千七百四十二个女人，也太多了。

世之助　哦，是吗？

朋　友　尽管我很尊敬你，可是……

世之助　那你随便打折扣好了……瞧，太夫正笑着哩。

朋　友　管他太夫笑哩，我还是想不通。你老实坦白，要不然的话……

世之助　怎么，想灌醉我吗？我可受不了。其实，这有什么难的？只是我的算盘和你的算盘有一点儿不一样。

朋　友　哈哈，这么说，是差一根竖桁吧？

世之助　不是。

朋　友　那是……喂，我说，你才叫人着急哩。

世之助　你也对这些无聊的事感兴趣啊。

朋　友　不是感兴趣，只是，我自己不也是一个男人吗？不弄明白到底打多少折扣，绝不罢休。

世之助　真拿你没办法。好吧，我就把我的算盘算法告诉你，算是临别的纪念吧。——喂，先别唱加贺小调了。将那把上面有祐善绘画的扇子给我拿来。还有，谁把蜡烛挑亮一点儿？

朋　友　哎呀，还这么摆谱啊。这么一安静下来，好像就连樱花也觉得寒冷。

世之助　那我就开始了。当然，我只说一个例子，这一点请大家谅解。

中

这已经是三十年前的旧事了。我第一次来江户的时候，记得当时是从吉原回去，带着两个帮闲，乘船过隅田川。现在记不清是在哪个渡口，也忘记自己打算去哪里，只是朦朦胧胧地浮现出当时的情况……

正是樱花时节，天色薄阴的午后，河边一带，放眼望去，到处都是阴沉单调的景色。水面泛着幽暗的波光，对岸的户户人家仿佛也笼罩在似真非真的梦幻之中。回头看去，堤坝上的松树之间，半开的樱花如同抹上一层厚厚的浑浊颜色，而那种耀眼的白，给人沉重的感觉。天气格外暖和，稍微活动一下，身上就立刻汗水津津。在这样温暖的天气里，河面上连一丝喘息般的微风也没有。

船客还有另外三个人，一个好像是从国姓爷[1]人偶戏中跑出来的人物挖耳匠，另一个是二十七八岁、剃掉眉毛[2]的商人妻子，还有一个流着鼻涕的童仆，大概是这个女人的陪同。因为船只很小，大家挤在一起，尽量都蹲在船舱中间的

1　即中国明末的爱国名将郑成功，南明唐王朱聿键赐其国姓朱，故称国姓爷。日本戏剧家近松门左卫门创作有《国姓爷大战》。

2　女子婚后剃眉、牙齿涂铁浆。

地方，膝盖互相接触，非常不便。大概因为人太多的缘故，船沉得很深，船舷几乎浸在水面上，可是艄公满不在乎。这个表情冷漠的老头戴着竹叶斗笠，手持竹篙，左右撑掌，灵活机巧。竹篙的水滴还时常滴落在乘客的衣袖上。不过艄公似乎对此视而不见。——对这一切满不在乎的不只是艄公，还有那个挖耳匠。他身穿样式古怪的唐装，帽子上插着鸟羽、肩上插着招牌小旗，如登上狮子城望楼的甘辉[1]，雄踞在船头。船一开动，他就捋着翘起来的胡子[2]，不停地哼唱歌曲，一边煞有介事地摇晃着他那眉头稀薄、下唇突出、表情高傲的脑袋，一边兴致勃勃地唱道："山谷[3]堤坝下，弃儿无人认。"不仅是我，连两个帮闲也觉得有点儿难以忍受。

1　甘辉，净琉璃戏剧《国姓爷合战》中的人物，狮子城城主，起先与郑成功敌对，后归顺，一起反清复明。

2　江户时代，把松脂和蜡混合在一起，粘住胡子，使其往脸颊两边翘起来。

3　山谷，现东京都台东区。1657年吉原町遭火灾烧毁后，游廓迁往该地，形成新妓院区，也称新吉原。

"唐人的《四特天小调》[1]，我可是第一次听到。"

一个帮闲使劲拍打着扇子，兴趣索然地说道。我对面的那个女人大概听到了这句话，瞟了一眼挖耳匠，又马上回眸看着我，露出黑褐色的牙齿，亲热地微笑起来。她微笑的时候，唇间微露出光泽闪亮的黑牙齿，右边脸颊出现浅浅的酒窝，嘴唇上好像抹着口红。我莫名其妙地感到心惊肉跳，狼狈周章，好像自己看了不该看的东西，心头一阵面红耳赤般的害羞。

我这么说，可能大家摸不着头脑。其实，事情还得从乘船的时候说起。——我们从堤坝走下来，扶着摇摇晃晃的木桩才好不容易上了船。由于脚下站不稳，船身一偏，船舷拍打河水的同时，剧烈摇晃起来。就在这时，一股头油的味道扑鼻而来。船上有女人。当然，我在堤坝上就已经看见船里坐着一个女人。但是，船上坐着女人这一

1　《四特天小调》，日本元禄宝永年间流行的小调。

点并没有使我产生特殊的感觉（也由于我刚从妓
院出来）。但当我闻到发油味道的时候，首先觉得
意外，接着感觉到一种刺激。

　　绝不可小看这味道。至少对于我来说，很多
事情大抵都奇怪地与嗅觉相关。最典型的是小时
候的体验。我去学习书法，经常受到顽皮孩子的
欺负，如果告诉老师，又害怕过后更加厉害的惩
罚，于是只好忍气吞声，拼命练习纸上涂鸦。这
种时候寂寞凄凉、孤独无助的感觉，到成年以后
都忘得一干二净，即使想回忆，也很难记得起来。
但是只要一闻到那种臭烘烘的油墨味，就会立刻
唤回当时的心情，让我重温孩童时喜怒哀乐的感
受。——这是题外话。我只是想说，这头油的味
道甚至使我突然开始注意这个女人。

　　我看了她一眼，只见她身材微胖，身穿黑地
窄袖夹衣，露出红绸底襟衬里，显得色调和谐。
不论是五彩条纹丝绸腰带的系结，还是岛田式发
型的折髻上插的一对装饰性木梳，都显示出行家
的水平，妖艳妩媚。她的脸盘正如西鹤所说："现

今世人喜欢圆脸，肤色要如樱花浅红。"但五官却略显局促，未能舒展开来。涂脂抹粉，掩饰不住少许雀斑。嘴巴、鼻子稍嫌卑贱。不过，幸好发际漂亮，遮掩了那些缺点。我见她这副模样，顿时从昨夜的余醉中清醒过来，便坐在她旁边。就在坐下来的时候，又有了一个故事。

我的膝盖接触到她的膝盖。我身穿淡黄色绉绸窄袖方领衣服，里面大概是深红色衬衣。但是，我还是知道自己的膝盖接触着她的膝盖。我感觉到的不是穿着和服的膝盖，而是肉体的膝盖。柔软的圆圆的膝盖上面，有一个浅浅的凹窝，凹窝里存着一层薄薄的油脂。

我让自己的膝盖和她的膝盖接触在一起，一边和两个帮闲随意聊天戏谑，一边心里似乎有所期待，身子一动不动。当然，发油、脂粉的味道还是一阵阵扑鼻而来。一会儿，我的膝盖感觉到她的体温。我实在无法形容当时产生的那种刺痒战栗的感觉，只能用我自己的肢体动作进行阐释。我轻轻闭上眼睛，张大鼻孔，舒缓地深呼吸。这一切感觉只能由你自己去体会。

然而，这种感觉又立刻唤起理智的欲望。我产生了一个疑问：对方是否也有和我同样的感觉呢？是否也在享受着同样的快感呢？于是，我抬起头，若无其事地凝视着她的脸。然而，我伪装的平静即刻被摧毁，她微微渗出汗水的脸上肌肉松弛，嘴唇微微战栗，仿佛在寻觅吸吮的对象。显然这是对我的质疑之肯定，她知道我心中所想，甚至从中感受到某种满足。我有点儿心慌意乱，不好意思地把头转向了帮闲那边。

这个时候，正好那个帮闲在说："唐人的《四特天小调》，我可是第一次听到。"所以，我情不自禁地和听到挖耳匠哼唱歌谣发笑的女人对视了一下，并感觉到一种羞耻，这并非偶然。当时我觉得是对她感觉羞耻，但后来一想，其实是对她以外的其他人感觉羞耻。不，我这么说，还是不够准确。人在这种时候，对一切人（包括这个女人）都感觉羞耻。你也不会不知道，当时我虽然感觉羞耻，但是对她却逐渐大胆起来。

我尽量敏锐地调动全身所有的感觉，以品香人的心理鉴赏对方。我对所有的女人几乎都是这样，以前好像也对你说过。我欣赏她细汗微沁的面部皮肤以及从皮肤中散发出来的缕缕香味，接着鉴赏她反映出感觉与感情微妙交错的晶莹明亮的眼睛，然后品尝在她红润光滑的脸颊上微微颤动的睫毛的影子，还有放在膝盖上的那一双手，细腻柔嫩的纤纤十指交叉的姿态，还有从膝盖到腰肢富有弹性的丰满部位，还有……我这么形容下去，没有尽头，就此打住吧。总之，我细致尽情地品味着这个女人身体的所有部位。我说"所有部位"，绝非言过其实。因为感官力量无法到达的地方，我便通过想象力进行弥补，甚至加入了推理的手段。我调动视觉、听觉、嗅觉、触觉、温觉、压觉……不论哪一种感觉，这个女人都让我心满意足。不，甚至感觉到超越上述的一种满足……

接着，我听到她说了这样一句话："东西别忘了。"于是，我看见了她细细的喉咙。不言而喻，那带着鼻音的娇滴滴的媚声和所敷的白粉稍微浓厚的消瘦喉咙给我几分刺激。但更使我动心的，是她把头转向孩子时膝盖的动作给予我膝盖的感觉。我刚才就已经感觉到她膝盖的形状，但这次感觉到她膝盖的一切——包括膝盖的肌肉和关节，如同用舌尖感触柑橘的核一样，一个一个细细感受。可以毫不夸张地说，她身上的黑地窄袖夹衣对于我而言，已不复存在。如果你知道下面发生的故事，你就不会不同意我的感觉。

一会儿，船只靠到栈桥上。船头一碰上木桩，挖耳匠第一个就跳上栈桥。我趁机故意装作在摇晃的船上站立不稳的样子（我上船时，就已经摇晃过，所以大概装得极其自然），身子趔趄着，伸手搭在站在船舷上的女人的手上。这时，帮闲伸手扶住我的腰。我说一声："对不起。"你认为我当时是什么心情？我预想到这个接触将会产生相当强烈的刺激，甚至觉得我过去的体验大概将迎来最后的完成。但是，我的预想完全落空了。当然，我感觉到光滑——莫如说是冷漠——的手以及柔软而有力的肌肉的力量。但这些感觉不过是以前体验的重复。同样的刺激随着次数的增加，会逐渐减弱，更何况当时抱着很大的期待。我心情索然，只好平静地离开她的手。如果我以前的体验完全没有鉴赏这女人的身体，无论如何也无法说明这种失望的情绪。我感觉性地了解这个女人的一切——我只能如此考虑。

另外，从这个角度也可以理解，就是把陪我昨天狎昵吉原的游女与这个女人进行情绪上的比较。一个是彻夜长谈的女人，一个不过是同坐一条船的短暂乘客，但她们的区别瞬间不复存在。我几乎不清楚她们中哪一个给予我更多的满足，所以，我对她们的怜惜之情（如果有的话）完全一样。我右耳听着江户的三味线琴声，左耳听着隔田川的水声，仿佛两边都弹奏着同样的曲调。

这也算是我的发现。然而，没有比这种发现更使人感到岑寂的了。我看着这个眉宇发青的女人带着小孩，在阴沉的天色下，踏着轻缓的脚步，跟在挖耳匠后面跨上栈桥的时候，心头涌起一种难以言状的寂寞感。当然，我对她并无爱恋。但我从触摸她的手而她没有拒绝的反应中，知道她的心情大概与我一样……

什么吉原的游女呀？那个游女和这个女人简直截然相反，就像一个小木偶人。

下

世之助　大致情况就是这样，因为把与这个女人的这种关系也计算在内，所以总共与四千四百六十七个男女有过关系……

朋　友　哦，这么一听，似乎有道理。不过……

世之助　不过什么？

朋　友　不过，这不是很危险的故事吗？这样的话，谁还敢让老婆、孩子上街啊？

世之助　即便危险，这也是真的事情，就是这样。

朋　友　这样的话，说不定朝廷就要颁布禁止男女同席令了。

世之助　瞧现在这个样子，也许要颁布吧。不过，颁布的时候，我已经到女护岛了。

朋　友　真羡慕你。

世之助　其实啊，去女护岛也好，留在这儿也好，没什么不一样的。

朋　友　要是使用刚才的算法，的确这样。

世之助　反正都是虚无缥缈的梦幻。好了，继续听加贺小调吧。

大正六年（1917）四月

（郑民钦　译）

偷

盗

一

"大娘，猪熊[1]大娘。"

在朱雀大街与绫小路的十字路口，一个身穿朴素的深蓝色便服、头戴软乌漆礼帽的年轻武士举着细骨折扇，喊住正从这儿经过的老太婆。这个武士也就二十左右，相貌很丑，是个独眼龙。

正值七月的一天正午，夏日云霞氤氲闷热，天空屏气般覆盖在万家屋顶。武士站立的十字路口处，有一株瘦长的柳树，枝条稀疏，像是也感染上最近肆虐的疫病一样，瘦骨嶙峋的影子投在

---

1 猪熊，地名，位于京都市西大宫与堀川之间。

地上。那一天，连树下也没有吹拂干枯树叶的风丝，更何况烈日暴晒的大路上。大概实在酷暑难耐，几乎不见人影，只有长长的两道刚刚驶过的牛车留下的弯弯曲曲的车辙，还有被牛车碾死的小蛇。伤口发青的小蛇起先还颤动尾巴，不大一会儿，肥胖的白肚皮就翻上来，一动不动了。放眼看去，在这个炎热尘埃弥漫的十字路口，如果说有一滴潮湿的东西点缀的话，那就是从蛇的伤口里流出来的腥臭的血液。

"大娘！"

老太婆慌忙转过身来。她约莫六十上下，身穿脏兮兮的暗红色麻布单衣，披散着一头发黄的头发，拖着一双半截草鞋，拄着一根长长的蛙腿形拐杖，圆眼睛，大嘴巴，一张癞蛤蟆似的脸，显得卑微低贱。

"哦，是太郎呀。"

老太婆的嗓子眼像被强烈的阳光噎住了一样，声音干涩。她拖着拐杖后退两三步，开口说话之前，先伸出舌头舔了一下上嘴唇。

"有什么事吗？"

"没，没有什么事。"

独眼龙生有浅麻子的脸上勉强挤出了微笑，用不太自然的声音故作快活地说道："只是想知道，这一阵子，沙金在哪里？"

"你要一有事，准是我女儿的事。老鸹生小鹰，瞧你比你老子有出息得多呀。"

猪熊大娘厌恶地挖苦他，噘起嘴唇，嘻嘻一笑。

"其实也算不了什么事，我还不知道今天晚上是怎么安排的。"

"安排怎么会有变化呢？罗生门集合，时间是亥时上刻 —— 一切都按照以前定下来的老规矩办。"

说罢，老太婆狡猾地环顾四周，见路上没人，便大概放下心来，又舔了舔厚嘴唇，继续说道："听说那宅子里的样子，女儿差不多给打听出来了。好像武士里没有几个手脚利索的。详细情况，今天晚上大概她会告诉你吧。"

这个名叫太郎的武士一听这话，用黄纸扇遮阳的脸上就现出嘲笑般的表情，撇了撇嘴："这么说，沙金又和哪个武士打得火热了？"

"什么呀！她好像是装扮成走街串巷的小商贩还是别的什么去的。"

"不管装扮成什么去的，她这个人靠不住。"

"你这个人还是那么疑心重，所以招女儿讨厌。就是吃醋，也要适可而止。"

老太婆冷笑着，举起拐杖，杵了杵路边的死蛇，麇集在尸体上的绿头苍蝇轰地飞起来，又立刻停回原处。

"这事要是不抓紧啊，那就会被次郎弄走哟。其实被他弄走也好，不过要是那样的话，事情就闹大了。连老爷子也会大发雷霆的的，你就更不用说了吧。"

"这我明白。"武士皱着眉头，气狠狠地往柳树根上吐一口唾沫。

"其实你并不明白，就说现在，虽然你也若无其事的样子，可是发现她和老爷子的关系的时候，不是也跟发了疯似的吗？那时候，老爷子要是稍微逞强的话，马上要对你动刀子的。"

"那都是一年前的事了。"

"不管多少年前，事情也是一个样。不是说干过一次的事，还要干三次吗？要是只干三次，还算是好的。像我这样的人，活到这个岁数，同样的蠢事不知道干过多少次。"老太婆说完，露出稀疏的牙齿，笑了起来。

太郎被太阳晒黑的脸上流露出急躁不安的神色，他改变了话题："说正经的，今天晚上的对手，好歹是藤判官，已经准备好了吧？"

这时，大概是一朵云团遮住了太阳，周围倏然阴暗下来，只有死蛇肚皮的肥白较之前显得更加刺眼。

"什么藤判官！充其量手下有那么四五个青皮[1]。不管怎么说，我也是多年练就的真功夫。"

"哼，老太婆你好厉害啊。我们这边多

---

1 青皮，原文为"青侍"，指穿青色衣服的、年轻的低身份武士。

少人？"

"跟往常一样，男的二十三个，再加上两个女的，我和女儿。阿浓拖着那样一副身体，就让她在朱雀门等候。"

"这么说，阿浓快临产了？"

太郎又嘲笑般地撇了一下嘴巴。几乎同时，那朵云彩消失了，大街上突然恢复到原先那般刺眼的明亮。猪熊大娘也挺起腰杆，发出一阵乌鸦聒噪般的怪笑声。

"那个蠢货，谁占了她的便宜？——说起来，阿浓对次郎本来一直痴心不改，会不会是那小子……"

"行了，别在这儿盘查了。不管怎么说，那副身体很不方便。"

"其实也有办法，可是她不同意，真没辙。结果弄得我一个人去通知大伙儿。真木岛的十郎、关山的平六、高市的多襄丸这三家还没去哩——呀，瞧，和你聊天这工夫，都快到未时了。你听我唠叨也听腻了吧？"

老太婆一边说一边动着拐杖。

"可是，沙金呢？"

太郎的嘴唇不易觉察地轻轻抽搐了一下，老太婆似乎没有发觉："今天吗？这时候大概在我家里午睡吧，昨天还不在家哩。"

独眼龙定睛看着老太婆，然后平静地说："那好，就这样。天黑以后再去见她。"

"那就去吧，去之前，你也好好睡个午觉吧。"

猪熊老太婆口齿伶俐地一边回答，一边拖着拐杖往前走去。她顺着绫小路往东，暗红色麻布单衣罩在身上，状似猴子，半截草鞋在身后扬起灰土，顶着烈日，一路走去。

武士看着老太婆离去，渗出汗水的额头可怕地动了一下，他又往柳树根上啐一口唾沫，然后慢慢转过身去。

麇集在死蛇上的绿头苍蝇在酷热的阳光里发出轻微的嗡嗡声，乍飞又停……

二

猪熊老太婆披散着发黄的头发，发根已经被渗出的汗水湿透。她不顾落在脚上的夏日灰白尘土，拄着拐杖一步一步往前走。

这是一条走惯的老路，但是与自己年轻时候相比，到处都发生了令人难以置信的变化。想起自己当年还在台盘所[1]当用人——不，想起自己意外地被那个与自己身份悬殊的男人勾引，终于生下沙金的时候。今天的京城不过是徒有虚名，当时的遗迹几乎荡然无存。当年牛车来往频繁的大路上，如今只有蓟花卷缩在阳光里岑寂地开放。残破歪斜的板墙里，无花果缀挂着青绿的果实，成群的乌鸦大白天也聚集在干涸的池塘里，对人毫不畏惧。而自己也不知不觉地头发变白，皱纹增多，最后成为这样弯腰驼背的老人。京城已非昔日之京城，自己亦非昔日之自己。

---

1 台盘所，贵族家的厨房。

不仅外表在变，人心也在变。第一次知道女儿和自己现在的丈夫发生关系时，自己又哭又闹。但是后来，也觉得这是很自然的。偷盗也好，杀人也好，只要习惯了，就和家业一样。就像京城大街小巷芜杂横蔓的野草，自己的心也已经被伤害到不知痛苦的程度。但是从另一个角度来看，一切看似变化，却又没有变化。女儿现在干的事情和自己过去干的事情其实十分相似。那个太郎也好次郎也好，他们干的事和现在这个丈夫年轻时候干的事也没有多大的差别。这么说，不论什么时候，人总是重复同样的事情。这么一想，京城还是昔日的京城，自己也还是昔日的自己……

这种想法蓦然浮上猪熊老太婆的心头。大概由于对身世伤感的情绪影响，她滚圆的眼珠变得柔和，癞蛤蟆般脸上的肌肉也松弛了下来——这时，她布满皱纹的那张脸突然露出生动快活的笑容，开始更加急促地移动蛙腿形拐杖。

她也必须加快脚步。前面两三丈远的地方，在大路与狗尾草芜杂蓬乱的原野（也许原先是谁家宽阔的院子）之间，是一堵就要坍塌的瓦顶板心泥墙，里面有两三棵开始衰老的合欢树，被烈日炙烤的深绿色瓦上垂挂着无精打采的红花。树下有一间四角支着枯竹为柱、张挂旧草席为墙的古怪小屋——不论从地点还是从外形来看，都像是乞丐栖身之地。

尤其引起老太婆注意的是，小屋前面站着一个十七八岁的年轻武士，他身穿枯黄色的麻布单衣，腰间横着黑鞘长刀，双手在胸前交叉着，不知何故，眼睛瞧着屋里，好像发生了什么事。老太婆一眼就从他幼稚的眉宇间透出的尚未脱尽的孩子气以及消瘦的脸颊，认出来他是谁。

猪熊老太婆走到他旁边，停下拐杖，一边翘着下巴，一边说道："在这儿干吗呢，次郎？"

次郎吃惊地回过头，一看她满头白发下那张癞蛤蟆脸上正舔着厚嘴唇的舌头，便露出洁白的牙齿笑着，默默地指了指小屋。

小屋里面，地上铺着一张破旧的草席，一个四十岁左右的小个子女人头枕石头躺在上面。她全身几乎裸体，只有一件麻布衫盖在腰间。仔细一看，胸部、腹部皮肤黄肿滑亮，仿佛用手一按，就会流出带血的脓水。借着从草席的裂缝照射进来的阳光，只见她的腋下和脖颈有一块块烂杏般的黑斑，似乎正发出一种难以言状的恶臭。

枕头旁边，扔着一个边口残破的陶罐（罐底粘有一些饭粒，大概原先是用来盛稀粥的）。不知道是谁搞恶作剧，罐里整整齐齐地堆叠着五六块沾满泥土的石块，正中间插着一枝花叶完全干枯的合欢花，大概是模仿在高脚漆盘上铺垫色纸作为装饰的情趣吧。

看到这些，一向胆大的猪熊老太婆也不由自主地皱起眉头往后退。且就在这一瞬，脑子里浮现出刚才看见的那条蛇的尸体。

"这是怎么啦？是得了传染病吧？"

"是的。大概是附近什么人家看她不行了，就扔到这儿来。这个样子在哪儿都不好办呢。"次郎又露出白牙微笑起来。

"你干吗在这儿看着啊？"

"我刚从这儿经过，看见两三条野狗好像找到什么好吃的东西，要吃她，就用石头把野狗赶走。我要不来，说不定这会儿胳膊已经被吃掉一只了。"

老太婆把拐杖支在下巴上，又端详了一遍女人的身体。只见破旧的榻榻米上，在道路扬起的尘土中，斜伸出两只胳膊，水肿的土黄色皮肤上清晰地印记着三四个尖锐的牙印，还泛着紫——次郎说差一点被野狗吃掉的大概就是这只胳膊。女人紧闭眼睛，不知道是否还有呼吸。老太婆又一次觉得，一种强烈的厌恶感扑面而来。

"她究竟是活着还是死了？"

"我也不知道。"

"这样子痛快呀。人一死，被野狗吃掉，又何妨呢？"

老太婆说完，伸出拐杖，远远地捅了一下女人的脑袋。那脑袋离开枕着的石头，一下子掉在榻榻米上，头发拖在脑后。但是，她仍然闭着眼睛，脸上的肌肉纹丝不动。

"你别这么做。就是刚才狗要吃她，她也是这样一动不动。"

"那不就是死了？"

次郎第三次露出白牙微笑起来。

"就是死了，被狗吃掉，也太惨啦。"

"有什么惨的？人一死，就是被狗吃，也不觉得痛。"老太婆拄着拐杖一边跷起脚一边睁圆眼睛，嘲笑般地继续说道，"就算没死，这种奄奄一息的样子，还不如索性让狗咬断喉咙来得痛快哩。反正这样子，没多长时间活头了。"

"可是，眼看着人被狗吃掉，我也不能袖手旁观啊。"

猪熊大娘舔了一下上唇，一副目中无人、不屑一顾的样子。

"说得好听，你们不是都满不在乎地看着别人杀人吗？"

"这么说也是。"

次郎稍微挠一下鬓角，第四次露出白牙微笑起来，和蔼地瞧着老太婆，说道：

"大娘，你去哪里啊？"

"真木岛的十郎、高市的多襄丸——啊，对了，关山的平六那边，你给带个口信吧。"

猪熊大娘一边说一边拄着拐杖，已经迈出两三步。

"噢，我可以去。"

次郎也顾不得小屋里的病人，和老太婆并肩在烈日炎炎的大路上慢悠悠地走去。

"看见那个人，心情坏透了。"老太婆做作地紧皱眉头，"嗯……你知道平六的家吧？顺着这条路一直往前走，在立本寺的大门前往左拐，那儿是藤判官的宅院，再往前走差不多一町¹就到了。你顺便在藤判官的宅院周围转一转，为今天晚上做准备，察看一下地形。"

"其实我到这儿来，本来就是这个打算啊。"

"是吗？你是个机灵人。要是你哥哥，他那副长相，弄不好就被人家看出来，所以不能让他去

---

1 町，日本长度单位，1 町约合 109 米。

察看地形。要是你去，我就放心了。"

"哥哥真可怜！大娘你都数落他。"

"什么呀！其实我说得最多的就是他。要是和老爷子在一起，还要说些不好对你说的事。"

"是因为有那件事吧。"

"就是有，不是也没说你的坏话吗？"

"这么说，大概是把我当小孩看待吧。"

两个人这样一边闲聊一边在狭窄的街道上慢慢走着。每走一步，京城就愈显出荒凉衰败的景象，房子与房子之间杂草丛生，散发着闷热的暑气，沿途断断续续净是残破坍塌的瓦顶板心泥墙，唯有几株松树和柳树旧貌犹存。放眼望去，在飘荡着些微死人腐臭的空气里，到处都令人感觉到这是一座行将毁灭的大都市。一路上只遇见了一个人，还是手套木屐在地上爬行的乞丐。

"不过，次郎，你可要注意呀。"猪熊大娘忽然想起太郎的那张脸，苦笑着说，"你哥哥大概也迷上了我的女儿。"

她似乎没想到这句话对次郎的心理影响比自

己想象的要大得多。次郎清秀的眉宇间突然蒙上了一层阴影，不快地低下眼睛。

"我也得注意点儿。"老太婆说。

"注意又怎么样呢……"

老太婆对次郎情绪如此急剧的变化略感吃惊，舔了几下嘴唇，低声说道："还是要注意吧。"

"可是，哥哥有他自己的想法，我有什么办法呀。"

"这么说就太浅露了。其实啊，昨天我和女儿见了面。今天未时下刻她不是要和你在立本寺门前见面吗？而且有近半个月没让你哥哥和她见面了。太郎要是知道这事，大概又要和你大闹一场吧。"

次郎默不作声，只是急躁不安地点了几次头，像是要打断老太婆的侃侃而谈。但猪熊大娘一旦开口，并没有很快住嘴的意思："刚才在那边的十字路口碰见太郎，我也对他明说了，要是这样的话，不是自己人就要短兵相接了吗？我只是担心，要是真的动刀动枪，万一有个闪失，伤了我的女儿，那可怎么办？女儿就是那种脾气，太郎也是一个死心眼，所以我想把这事托付给你。因为你心地善良，连见狗吃死人都于心不忍。"

老太婆说完，故意沙哑着嗓门笑起来，像是为了强行克制心中突然产生的惊恐不安的情绪。但次郎仍然阴沉着脸，若有所思，耷拉着眼皮继续走着……

猪熊大娘一边加快脚步，一边心底开始虔诚地祈祷："最好别出大事……"

差不多也是在这个时候，街上的三四个小孩子用树枝挑着死蛇，正从躺着病人的小屋外面走过，其中一个淘气的孩子弯着腰，把死蛇远远地朝女人的脸上扔去。死蛇那发青油白的肚皮恰好落在女人的脸颊上，流着臭水的尾巴耷拉在她的下巴上。孩子们高兴地欢叫起来，却又立刻吓得四散惊逃。

一直像死人一样一动不动的女人这时突然睁开松弛下垂的黄眼皮，腐烂变质的鸡蛋清一样的眼睛浑浊呆滞地盯着空中，一只沾满沙土的手指轻轻颤动一下，从她干裂的嘴唇、喉咙深处流出微弱的一声，说不清是叹息还是呼吸。

三

猪熊大娘走后，太郎沿着朱雀大路，一边时不时摇着扇子扇风，一边在烈日之下，慢慢往北走去。

中午的大街上，行人极少。一个头戴蔺草斗笠遮阳的武士骑在平纹油漆镶嵌马鞍的栗色马背上慢悠悠走过，他的身后跟随着身背盔甲箱的仆从。他们过去以后，只有匆匆忙忙的燕子翻闪着白色的肚皮不时从大路的沙土上掠过。团聚在木板屋顶、扁柏板屋顶上空的旱云也一直纹丝不动，依然释放着熔金烁铁的猛威。大路两旁的家家户户都寂静无声，仿佛木窗板、草帘子后头的人们都已经死绝。

正如猪熊大娘所说，防止沙金被次郎抢走已经迫在眉睫。那个女人——现在甚至委身于养父的那个女人——看不上麻子脸、独眼睛、长相丑陋的自己，而移情于虽然脸庞被太阳晒得很黑、却五官端正的年轻的弟弟，这本来没什么可奇怪的。自己只是坚信：次郎——这个小时候崇拜自己的次郎能够体察哥哥的心情，慎重行事，即使沙金主动向他伸手，也能拒绝对方的勾引。然而现在看来，这只是他偏护弟弟的一厢情愿的想法。其实自己的错误在于，与其说把弟弟看得过高，不如说过于小看了沙金卖弄风骚、妖媚勾人的本事。不仅次郎，那个女人一个秋波，为之粉身碎骨的男人比炎热天空下飞翔的燕子还要多。就说自己吧，也只是见她一次，就这样神魂颠倒……

这时，一辆车厢缀饰红色捻绳的女式牛车在四条坊门的十字路口从太郎前面缓缓地往南驰去。虽然看不见车里的人，但挂在帘子内侧从上到下渐次染成深红的生丝帷帐，在荒凉的街道上格外显眼妖艳。跟随的牛童和仆从眼神奇怪地瞟了太郎一眼，只有拉车的牛低垂犄角，目不斜视，沉着稳重地起伏着上了黑漆般的脊背慢吞吞往前走。太郎正沉浸在漫无边际的思绪里，眼里也只有骄阳下金光闪闪的金属车具的印象。

他停下脚步，让牛车先过，然后一只眼睛瞧着地面，继续默默往前走。

一想起自己在右监狱当捕快的事，便感觉仿佛那已经是遥远的过去。今昔相比，连自己都觉得判若两人。那个时候，我既不忘尊敬三宝[1]，又严格遵守王法。然而现在，偷盗放火，无法无天，甚至杀人，也干过不止两三次。啊，过去的我——总是和那些差役伙伴一起赌博，玩得兴高采烈。现在看来，那时的自己是何等幸福啊。

那是一年前的事情。但现在回忆起来，

---

1 佛教以佛、法、僧为三宝。

依然历历在目。——那个女人因犯盗窃罪，被捕尉送进监狱。也是偶然的一次机会，我和那个女囚隔着铁格子攀谈起来。随着交谈次数的增加，双方都把自己的私事告诉对方。最后发展到猪熊大娘带着盗贼同伙劫狱把那个女囚救出去的时候，我视而不见，故意放走他们。

从那一天晚上开始，我就多次出入猪熊大娘的家门。沙金估摸着我快到的时候，就拉上一半板窗，眺望着暮色苍茫的街道，一看见我，就立刻模仿老鼠的叫声[1]发出暗号，让我进去。家里除了女佣阿浓，没有别人。于是立刻拉好板窗，点亮油灯，在小小的榻榻米房间里，摆满方形餐食木盘和高脚漆盘。两人推杯换盏，最后又哭又笑，又叫又闹。像世上的所有恋人那样，一直玩闹到天亮。

日暮而来，天明而归。这样的日子大概

---

1 妓女拉客发出的声音。

持续了一个月，我渐渐了解到，沙金虽是猪熊大娘的亲生女儿，现在的父亲却是她的继父。她如今是二十多人盗窃团伙的老大，经常在京都一带骚扰滋事，且平时还出卖色相，过着妓女一样的生活。但是这一切反而使这个女人如同小说里的人物那样，全身笼罩着不可思议的光环，毫无低贱卑微的感觉。当然，她经常想拉我入伙，但我始终没有答应。于是，她骂我是胆小鬼，瞧不起我。我因此经常大为恼火……

"驾！驾！"传来吆喝马的声音。太郎赶紧让开大路。

一辆左右两边各装两袋大米的马车在三条坊门的十字路口拐弯，顺着大路往南过来。车夫只穿着一件麻布汗衫，在炎热的阳光里，也顾不得擦汗。马的身影鲜明地印在灼热的地面上，一只燕子闪动着光亮的羽毛从黑影里斜飞上天，紧接着又像一块掉落的石头似的俯冲下来，从太郎的鼻尖前横掠而过，飞进对面的木板屋檐里。

太郎一边走，一边不时吧嗒吧嗒地扇着黄纸扇。

这样的日子断断续续着，我偶然发现了沙金与她养父的关系。我不是不知道，并非是我一个人如此放任沙金。甚至沙金本人也多次自豪地向我提起与自己有染的公卿、法师的名字。不过我想，这个女人虽与许多男人发生肉体关系，她的心也许为我一个人所独占。对，女人的贞操不在肉体。我相信这一点，以此克制自己的嫉妒。当然，也许是我不知不觉间从这个女人身上学到的思维方式。但不管怎么说，这么一想，我痛苦的心灵就会得到几分安慰。然而她与自己养父的关系又是另一回事。

当我察觉到这件事的时候，心里非常不愉快。对于干这种事的父女俩，就是杀了他们也不能解心头之恨。那个对此熟视无睹的亲生母亲，也是畜生不如的无耻之徒。我每次看见那个醉鬼老头，不记得有多少次把手按在刀柄上。而沙金每次都当着我的面无情地嘲弄欺负养父。奇怪的是，这种拙劣的手法却立刻使我的心软了下来。一听她说"我非常非常讨厌这个父亲"，我即使对沙金的养父恨得咬牙切齿，对沙金却怎么也恨不起来。所以我和沙金的这个养父虽然互相虎视眈眈，却至今还是相安无事。如果那个老头再敢勇敢一点儿——不，如果我再勇敢一点儿，恐怕我和他之间有一个人早就死了……

太郎抬头一看，自己不知不觉已经拐过二条街，来到耳敏川的小桥前面。干涸的河道上只有一条锐利如刀刃的细流在强烈的阳光下闪闪发亮，穿越于断断续续的柳树与房舍之间，发出轻微的潺潺水声。远远的下游，有两三只黑色的像是鱼鹰的东西，搅乱水光，大概是孩子们在玩水吧。

幼时的记忆顿时浮现在太郎的心头——他和

弟弟一起在五条街桥下钓丁斑鱼的记忆如同热天里的一丝凉风，唤起一种悲伤的亲切。自己和弟弟都已经不再是过去的那对兄弟了。

太郎过桥的时候，他那张麻子脸上又掠过一道阴险的神色。

那个时候，弟弟在筑后[1]的前司[2]那里做小舍人[3]。突然有一天，我接到通知说，弟弟因偷盗嫌疑被关进左监狱。我自己是放免，对监狱里有多遭罪比谁都清楚。想到弟弟身体还很稚嫩，我不由得心急如焚，于是和沙金商量。她却若无其事地轻松说道："劫回来不就得了。"在旁边的猪熊大娘也极力怂恿这么干。我终于下定决心，和沙金一起，召集五六个盗贼策划。那天夜里，我们冲进监狱，顺利把弟弟救了出来。那一次行动，胸

1　筑后，日本旧国名，在今福冈县南部。

2　前司，前任的国司。

3　小舍人，公卿等的小差役。

口受到的创伤至今还留有伤痕，但是更教我忘不了的是，我第一次杀了人——亲手杀死一个放免。他凄惨的叫声和血腥味至今还令我记忆犹新。在今天这样闷热的空气里，我仿佛还能回忆起当时的惨烈景象。

从第二天开始，我和弟弟就躲在沙金家里，不敢露面。只要犯过一次罪，不管以后是老老实实做人，还是继续为非作歹，在检非违使[1]眼里都是一个样。反正早晚都是死罪，那就尽量多活几天。于是，我终于听从沙金的劝告，和弟弟一起上了贼船，从此杀人放火，无恶不作。当然，开始的时候我也害怕，但干了以后意外地觉得也没什么。不觉间我开始认为，干坏事也许是人的本性……

太郎几乎是无意识地在十字路口拐弯。十字路口上有一座土坟，四周用石头堆成一圈。土坟

---

[1] 检非违使，平安朝时代的官名，掌管保安、监察和审判。

上并排立着两个石塔婆[1]，暴晒在午后的烈日里。墓碑塔的底部趴着几只蜥蜴，它们烟灰一样黑色的身体令人恶心。大概被太郎的脚步声惊动，没等太郎走近，它们一下子惊醒过来，接着一溜烟四处逃窜。太郎却无心看这些东西一眼。

坏事越干越多，我对沙金也越来越爱。不论是杀人还是偷盗，都是为了这个女人。就说劫狱吧，除了想救出弟弟之外，还因为害怕沙金笑话我对唯一的弟弟见死不救。——想到这些，更觉得自己无论失去什么，也不能失去这个女人。

然而，我的亲弟弟要抢走这个女人。沙金要被我拼死相救的次郎抢走。我现在甚至搞不清楚，是要抢走呢，还是已经抢走了。我从来都不怀疑沙金的心，即使她勾引别的男人，我也当这是干坏事的需要而默许她。

---

1 塔婆，塔形细长木牌或类似建筑物，为供养、追善立于坟茔处，上书梵文及经文。

后来，她和养父发生关系，我认为这是那个老头子凭借父亲的权势威严，在她本人一无所知的情况下引诱她，因此也就视而不见，以求相安无事。然而，她和次郎的关系又是另一码事。

我和弟弟的性格表面上似乎大不一样，其实相差无几。当然，七八年前的那场天花，由于我的病情重，他的病情轻，结果造成了外貌的差异。次郎依旧是那副天生眉清目秀的容貌，而我因为天花瞎了一只眼，造成后天的残疾。如果说我这个丑陋的独眼龙能够一直抓住沙金的心——这算是我的自负吗？——那肯定是因为我的内在。虽说如此，同一对父母所生的亲弟弟也会有和自己一样的心灵吧。更何况无论在谁看来，他的确都比我英俊。所以，沙金迷上弟弟，原本是理所当然的。且设身处地地想一想，次郎终归抵挡不住这个女人的勾引。不，我始终对自己的这副丑陋嘴脸感到自卑，所以同沙金的行乐大都主动自我节制。但即使如此，我仍然发疯地迷恋着沙金。那么，深知自己美貌的次郎怎么能对这个女人的妖媚勾引无动于衷呢？

这么一想，沙金和次郎的勾搭也是合情合理的事。不过正因为合情合理，才使我更加痛苦。弟弟要从我手里把沙金抢走了。而且总有一天，要抢走沙金的一切。啊，我失去的不只是沙金一个人，连弟弟也要一起失去，取而代之的是出现一个名叫次郎的敌人——我对敌人毫不留情。大概敌人对我也绝不手软。这样的话，结局不言自明：不是我杀死弟弟，就是我被弟弟杀死……

太郎突然闻到一股强烈的尸体腐烂的气味，可他心中的死亡还没有腐臭，不由得大吃一惊。一看，原来在猪熊小路边上，竹枝墙底下摆着的两具赤身裸体的幼儿尸体已经腐烂，在烈日的照射下，变色的皮肤上到处都是一块块黑紫，一些绿头苍蝇叮在上面。其中一个孩子俯向地面的脸上，已经有一些蚂蚁在爬动……

太郎看着眼前的这一切景象，仿佛看到自己的结局，便情不自禁地紧紧咬着下唇……

这一阵子，沙金也在躲避我。偶尔见面，也没有好脸色，还时常说一些难听的话。于是我火冒三丈，也打过、踢过她。但是我在打她踢她的时候，心里也在自我折磨。这是理所当然的。我的二十年人生都深藏在沙金的那双眼睛里。所以，失去沙金，无异于失去自我。

失去沙金，失去弟弟，最终失去自我。也许我失去一切的时刻已经来临……

他边走边想，不觉来到猪熊大娘挂着白色布帘的家门口。这里还能闻到尸体的臭味。大娘家门边种有一棵枇杷树，暗绿色的叶子把影子洒在窗户上，在炎热中透出一丝凉意。他不记得自己有多少次从这棵树下走进这间屋子，但是今后呢……

太郎突然感觉到一种精神疲劳。他沉浸在一缕感伤情绪里，不由得泪水盈眶，悄悄走近门口。这时，就在这时，突然从屋里传来女人尖锐的声音，还掺杂着猪熊老头的声音，一起灌进他的耳朵。这女人要是沙金，他绝不能置之不理。

他立刻掀开门口的布帘，急忙一脚迈进昏暗的屋内。

四

与猪熊大娘分开以后，次郎心情沉重地一级一级登上立本寺的石阶，走到朱漆剥落厉害的圆柱子下面，疲倦地坐下来。炎热的太阳被斜伸出来的高高屋瓦挡住，照不到这里。往后一看，只见昏暗中一尊金刚菩萨脚踩青莲，左手高举一根铁杵，胸前落满鸟粪，在光天化日下独自守护着岑寂无人的寺院。似乎走到此处，次郎的心情才开始平静下来，才能理智地思考问题。

太阳照样发出白炽的烈焰，照着眼前的大路。燕子在空中穿梭飞翔，羽毛闪烁着黑色绸缎般的亮光。一个身穿白色麻布单衣、打着大遮阳伞的男人，手持夹有文书的青竹文杖慢慢走过，一副炎热难耐的样子。此后，长长的瓦顶板心泥墙上，连一只狗的影子也没有。

次郎抽出插在腰间的扇子，用手指把黑柿木扇骨一根根地打开再合上，脑子里思考着自己与哥哥今后的关系。

为什么非要如此痛苦地自我折磨呢？就这么一个哥哥，还要把他当作敌人。每次见面，即使我先开口和他说话，他也是爱搭不理的样子，根本谈不下去。考虑到我与沙金现在的关系，他的态度也是可以理解的。然而，每次和这个女人见面，我心里总觉得对不起哥哥。尤其见面以后的寂寞心情，越发觉得哥哥可怜，常常暗自落泪。甚至现在都想离开哥哥和沙金，独自一人去东国[1]，哪怕是一次也行。那样的话，也许哥哥就不会憎恨我，而我也会忘记沙金。因为这么想才去见哥哥，本来打算不露声色地向他辞行，没想到他对我还是那么冷若冰霜。而且一见沙金，所有的决心都化为乌有。为此，我不知道有过多少次自责。

然而，哥哥不知道我心中的痛苦，一心认定我是他的情敌。我可以被他骂得狗血喷头，可以让他把唾沫啐在我的脸上，甚至可以被他杀了，但是，我只希望他知道，我对自己的不仁不义是多么深恶痛绝，我对他是多么同情怜悯。只要他理解我，无论他如何处置我，我都心甘情愿。不，与其现在这样心如刀绞，索性一死了之，也许更加幸福。

我对沙金又爱又恨。一想到这个女人水

---

1 东国，日本关东、东海一带。

性杨花的秉性，我就满腔愤恨。她经常撒谎，而更可怕的是，杀人时连哥哥和我都觉得残酷得下不了手，她居然满不在乎。看着她淫荡下流的睡相，我常想，自己为什么会如此痴迷这样的女人呢？尤其看见她与素不相识的男人也那样厚颜无耻地淫乱时，真恨不得亲手宰了她。我对沙金如此恨之入骨，然而一看见她的眼睛，我却立刻陷入她的诱惑。没有一个女人像她这样，丑恶的灵魂与美丽的肉体如此结合在一起。

哥哥似乎并不知道我对沙金的憎恶情绪。不，其实哥哥好像原本就不像我这样憎恨这个女人的野兽心肠。比如，在对待沙金与其他男人的关系上，哥哥与我的看法就大相径庭。不论沙金和什么人睡觉，哥哥总认为她是逢场作戏、寻欢作乐，而采取宽容的默许态度。但我绝不这么认为。我认为玷污沙金的肉体，也就是玷污她的心灵，甚至比玷污心灵更严重。当然，我也绝不能容许沙金见异思迁、移情别恋。人尽可夫比喜新厌旧更令人痛苦。正因为如此，我对哥哥也感到嫉妒。既歉疚，又嫉妒。这么看来，我与哥哥对沙金的恋情出自完全不同的态度。而这种差异更导致两人关系的恶化……

次郎呆呆地望着大路，一心想着自己的心事。这时，从街上的什么地方突然传来一阵尖锐的笑声，仿佛晃眼的阳光也跟着振荡起来。伴随女人尖锐笑声的是一个男人"呜噜呜噜"的含混说话声，掺杂着肆无忌惮的淫声秽语。次郎不由自主地把扇子插在腰间，站起来。

次郎离开柱子，正要迈步走下石阶的时候，看见一男一女顺着小路从他面前走过，往南而去。

男的身穿粉白色武士礼服，头戴软乌漆帽，腰间松松垮垮地佩挂着匣花刀柄的长刀，三十岁上下，喝得醉醺醺的样子。女的身穿白地浅紫花纹罩头衣服，头戴市女笠[1]，从声音举止上看，显然是沙金。次郎走下石阶，一直紧咬嘴唇，故意移开视线。然而，这两个人似乎瞧也不瞧次郎一眼。

"那你答应，一定别忘了。"

"没问题。既然我答应了，你就把心放在肚里好了。"

"我可是拼了命的，所以必须这样叮嘱。"

男人张开略长有红胡须的嘴大笑起来，笑得几乎能看见他的咽喉，一边用手指头轻轻戳了一下沙金的脸颊，说道："我也是拼了命的呀。"

"说得好听。"

两人从寺院门前走过，来到刚才次郎与猪熊大娘分手的十字路口，停下脚步，旁若无人地互相调戏，然后分手。男人一边走一边屡屡回头，像是戏逗着什么，往东拐去。女人转过身，一边哧哧笑着，一边顺着原路往回走。——次郎站在

---

1 市女笠，原为女商人戴的斗笠。菅茅草或竹皮编织而成，中间凸起，晴雨两用。

石阶底下，看着沙金那一双乌黑的大眼睛。不知道是由于高兴还是难为情，从罩头衣服里露出的她的脸蛋如小孩子般发红。

沙金解开罩头衣服，露出汗水津津的脸，笑着问："看见刚才那个家伙了吗？"

"没看见。"

"那家伙呀……噢，坐在这儿吧。"

他们并排坐在石阶上，寺院门外唯一一棵细小的枝干扭曲的赤松树影，恰好落在他们身上。

沙金将坐未坐的时候，摘下市女笠，说道："那是藤判官那儿的武士。"

沙金这个二十五六岁的女人，身材适中，不胖不瘦，小巧的手脚像猫一样敏捷灵活。她的脸蛋可以说把可怕的野性与异常的美丽融合成一体，额头窄小，脸颊丰腴，牙齿洁白，嘴唇性感，眼睛锐利，眉毛整齐——这一切本来难以搭配在一起，但在沙金的脸上却融合得如此完美，简直无可挑剔。尤其是她那一头披肩发，在阳光映照下，乌黑闪亮，青光泛动，宛如鸟羽。次郎看着这个

女人总是这么妖艳妩媚的姿态，甚至感觉到一种
憎恶。

"那也是你的情人吧？"

沙金眯缝着眼睛笑起来，表情天真地摇了摇
头，说道："要说愚蠢，再没有比那家伙更愚蠢的
了。他就像狗一样，对我俯首帖耳。所以啊，我
什么都知道了。"

"你知道什么？"

"知道什么？就是藤判官宅院的内部情况啊。
他简直滔滔不绝，连最近宅院买马的事都告诉了
我。哦，对了，要不让太郎把那匹马偷出来。说
是陆奥产的三才驹，我看不一定。"

"对，哥哥对你的话唯命是从。"

"说什么呀？我最讨厌别人吃醋。太郎也是这
样，起先我也有这种感觉，现在好了。"

"说不定我也会这样的吧？"

"这我可不知道。"沙金又尖声笑起来，"怎
么，生气了？我跟他们说你不来了，好吧？"

"你这个人，简直就是母夜叉。"

次郎皱起眉头，拾起脚下的一个石子扔出去。

"这么说，也许我就是一个母夜叉。不过，迷上我这个母夜叉，可就是你的命了。怎么，还不相信吗？那就随你的便吧。"

沙金说完，看着大路，突然目光锐利地转过头盯着次郎，嘴角掠过一丝冷笑，说道："你还是这么怀疑的话，告诉你一件事吧。"

"什么事？"

"嗯……"

沙金把脸靠近次郎的脸，淡淡的脂粉香伴着汗味扑鼻而来，次郎感觉到一种强烈的刺激，仿佛全身发痒，情不自禁地把自己的脸转向一旁。

"我把那件事都告诉他了。"

"哪件事？"

"就是今天晚上大伙儿去藤判官宅院的事。"

次郎简直不敢相信自己的耳朵，令人窒息的感官刺激瞬间消失得无影无踪。他只是半信半疑、目光茫然地看着她的脸。

"干吗这么大惊小怪的？这没什么大不了的啊。"沙金稍微压低声音，用嘲笑的口气说道，"我对他是这么说的：'我睡觉的房间就靠着大路的木板墙旁边，昨天夜里听见五六个人，大概是小偷，在木板墙外商量说要去你那儿，而且就在今天晚上。因为咱们俩关系亲密，我才告诉你。你要是不戒备，可就危险了。所以，今天晚上对方肯定做好准备。'那家伙正去招集人哩，他说叫二三十个武士来没问题。"

"你干吗说这些多余的话？"

次郎依然平静不下来，用疑惑不解的目光看着沙金。

"我说的话并不多余。"

沙金阴险地微笑着，左手轻轻地抚摸次郎的右手，说道："这是为了你。"

"怎么是为我呀？"

次郎的心感觉到一种恐惧，难道她……

"你这还不明白吗？我这么一说，再让太郎去偷马……他再有本事，一个人也干不了。不过，叫别人帮忙，也没几个人。这样的话，你我不就如愿以偿了吗？"

次郎仿佛被当头浇了一桶冷水。

"你是说杀死我哥哥？"

沙金手里玩弄着扇子，坦率地点点头。

"不好吗？"

"不是不好……这样子设圈套……"

"这么说，你能杀得了他？"

次郎感觉到沙金像野猫一样尖锐地盯着自己。她的眼睛具有可怕的力量，逐渐地麻痹了自己的意志。

"可是，这样做很卑鄙。"

"卑鄙又有什么法子？"

沙金扔掉扇子，双手握住次郎的右手，逼视着他。

"而且，要是哥哥一个人也就罢了，还要连累其他同伙去送死……"

次郎话一出口，就觉得糟了，这个狡猾的女人自然绝不会放过这个机会。

"这么说，让他一个人去干喽？为什么要这样？"

次郎从女人的手里抽出自己的手，站起来，依然铁青着脸一言不发，在沙金的面前时左时右地走着。

沙金仰视次郎，尖刻地说道："既然同意干掉太郎，赔进去几个同伙也不要紧的吧。"

"大娘怎么办？"

"死了再说死了的事。"

次郎停下脚步，俯视着沙金的脸。女人的眼里燃烧着轻蔑与爱欲的炽热烈焰。

"为了你，我谁都敢杀。"

她的话如蝎子的尾针般刺心，次郎又一次感到浑身战栗。

"可是，那是我哥哥……"

"我不是连老母亲都不要了吗？"

沙金说完，垂下眼睛，紧张严峻的面部表情突然松弛下来，泪水簌簌滴落在烈日照耀下闪亮的灼热沙子上。

"我已经把事情告诉那家伙了，现在反悔也来不及了。要是太郎还有那些同伙知道这件事，肯定要把我杀死的。"

听着沙金这断断续续的话，次郎的心里涌现出一种绝望般的勇气。他脸色煞白，默默地跪在地上，冰冷的双手紧紧握住沙金的手。

他们在紧紧相握的双手里，感觉到彼此凶残的意志做出了承诺。

五

太郎掀开白布，一脚踏进家里，却被眼前的景象惊呆了。

在不大宽敞的屋子里，通往厨房的一扇拉门斜倒在竹皮屏风上，大概被屏风碰倒的烧火驱蚊的陶罐碎成两半，满地都是尚未烧尽的松叶或烟灰。地上躺着一个十六七岁、脸色苍白的胖女佣，她满头烟灰的卷发被一个酒满肠肥的秃顶老头抓着，身上的麻布单衣被扯乱，露出胸脯，双脚使劲挣扎，发疯似的尖声叫喊。老头左手抓着女人的头发，右手举着一个缺口的瓶子，要把瓶子里黑褐色的液体强行灌进女人嘴里。那浅黑色的液体在女人的眼睛、鼻子上到处流淌，却几乎没有流进她的嘴里。于是，老头更加气急败坏地想强行掰开女人的嘴巴，但是女人不顾头发被老头抓住，拼命甩动脑袋，就是不张嘴。两个人的手脚互相纠缠在一起。太郎从阳光明亮的外面一下子进入光线昏暗的屋里，不能立刻分清各是谁的手脚，但一眼就知道他们是谁。

太郎手忙脚乱地脱下草鞋，跨进屋里，眼疾手快地一把抓住老头的右手，顺手夺下瓶子，怒气冲冲地大喝一声："你干什么？"

老头立刻不甘示弱地反问道："你要干什么？"

"我吗？我要干这个。"

太郎把瓶子一扔，又把老头的左手从女人的头发上拉开，然后抬脚把他踹倒在拉门上。阿浓没想到有人搭救自己，慌慌张张往后退爬了三五米。可是看见老头倒在后面，像求神拜佛一样，双掌合十，浑身颤抖，对着太郎低头拜谢，她便蓬头垢面地急忙转身，光着脚跑到廊檐下面，敏捷地钻过白布。猪熊老头突然猛扑过去，还想拽住她，被太郎狠狠又踢一脚，跌倒在烟灰里。这时，女人已经气喘吁吁地从枇杷树下跌跌撞撞地往北跑去……

"救命啊！要杀人啦……"

老头叫喊着，却已经失去刚才的气势，踩着屏风，想往厨房方向逃去。太郎轻舒长臂，一把抓住他的浅黄色水干衣领，拽倒在地上。

"杀人啦，杀人啦，快救命啊！弑父啦……"

"混账话！谁要杀你……"

太郎把老头压在膝盖底下，大声地嘲笑他。与此同时，一股杀死这个老头的强烈欲望突然难以抑制地涌上心头。杀死这个老头当然易如反掌。只要捅一刀——往他那皮肤松弛、耷拉下来的红色皮肤的脖子上捅一刀，一切都结束了。刀刃砍进榻榻米时的感觉，还有手握刀柄感觉到的对方临死前的挣扎，以及反冲着刀刃喷涌而出的鲜血的腥味——这一切想象使得太郎不由自主地伸手握住葛藤包缠的刀柄。

"你胡说！胡说！你一直想杀我……啊，快救命啊！杀人啦，弑父啦！"

猪熊老头大概看穿了太郎的用心，又猛力想反扑，最后声嘶力竭地大喊大叫。

"你为什么要那样欺负阿浓？说清楚！不然就……"

"我说，我说——可是我说了以后，也保不住你不会杀我。"

"别啰唆！说不说？"

"说，说，说，你先把手放开，不然我憋着气，说不出来。"

太郎根本置之不理，依然杀气腾腾地重复一遍："说不说？"

"我说。"猪熊老头扯着嗓门，还想反抗，终于一边挣扎一边说道，"我说，我只是让她喝药。

可是，阿浓这个蠢货就是不喝，所以，我也就粗暴起来。就是这么点事。不，还有，是老婆子买的药，和我无关。"

"什么药？是堕胎药吧。只要对方不情愿，哪怕她是个蠢货，你这么干就是凶暴残忍。"

"瞧你，你叫我说，我都说出来了，可是我说了以后，你还是要杀我。你是杀人犯！你才心狠手辣！"

"谁说要杀你？"

"要是不想杀我，为什么你要握住刀柄？"

老头抬起大汗淋漓的秃脑袋，翻着上眼皮看着太郎，嘴角满是泡沫。太郎心头猛然一震，要杀就得现在动手，这个念头一闪而过。他不由自主地膝盖使劲，手握刀柄，目不转睛地盯着老头的脖子。稀疏的花白头发圈围着后脑勺，两条血管在红红的满是疙瘩的皮肤皱纹里面不太明显地显露出来——太郎看见这个脖子的时候，莫名其妙地产生了一种怜悯的情绪。

"你是杀人犯！杀亲爹！骗子！杀亲爹！"

猪熊老头不停地声嘶力竭地叫喊着，终于从太郎的膝盖下面挣扎着爬起来，然后迅速抓起拉门作为防身盾牌，眼睛四处转动，打算伺机逃跑。他的脸又红又肿，鼻歪眼斜。太郎一看这狡猾奸诈的嘴脸，就后悔自己刚才没有下手。他渐渐松开握着刀柄的手，仿佛自我怜悯似的，嘴角浮出一抹苦笑，缓缓坐在榻榻米上。

"杀你的那把刀，还没带来呢。"

"你要是杀了我，那可是弑父啊。"

猪熊老头放下心来，从拉门后面慢慢磨蹭出来，在斜对着太郎的榻榻米上忐忑不安地坐下来。

"杀了你，为什么说是弑父？"

太郎眼睛看着窗户，没好气地问。透过窗户能望见四方形的天空，枇杷树梢上密密的叶子在阳光映照下，表面和背面呈现出各种各样亮度不同的绿色，纹丝不动。

"为什么说是……弑父呢？沙金是我的养女，你和她有了关系，不也就是我的儿子吗？"

"那你把她当作妻子，这又是什么？你是畜生还是人？"

老头一边看着刚才争斗中撕破的袖子，一边气哼哼地说："就是畜生，也不能杀老子！"

太郎歪着嘴唇冷笑着说："这张嘴还是那么厉害。"

"我的嘴怎么厉害了？"

猪熊老头突然恶狠狠地盯着太郎，接着嗤笑起来："我问你，你认不认我做父亲？不，是能不能认我做父亲？"

"这还要问吗？"

"你是说不能？"

"嗯，不能。"

"你说了不算。你听着，沙金是大娘的亲生女儿，我既然和大娘结了婚，沙金就是我的孩子。你既然要和沙金结婚，就应该认我做父亲。但是你不认我这个父亲。不仅不认，有时还打我骂我。你究竟为什么要我把沙金当作自己的孩子？我把她作为妻子，有什么不好？如果我把沙金当作自己的妻子算是畜生，你想杀死父亲，难道不也是畜生吗？"

老头一副扬扬自得的神情，满是皱纹的食指指着太郎的鼻子，两眼发亮，滔滔不绝。

"怎么样？是我没道理，还是你没道理，这种事你总该明白吧？我还告诉你，我和大娘，在我在左兵卫府当仆人的时候就已经是老相好了。她对我怎么想，我不知道。我一直爱恋她。"

太郎做梦也没想到，会在这种场合，从这个狡诈卑鄙、嗜酒成性的老头嘴里听到这样的往事。他甚至怀疑这个老头是否具有普通人的感情。爱恋猪熊大娘的猪熊老头和被猪熊老头爱恋的猪熊大娘……想到这里，太郎感觉到自己的脸上浮现出一抹微笑。

"后来，我发现大娘有情人。"

"这不是说明人家讨厌你吗？"

"有情人不能成为讨厌我的证据。你要是打断我的话，我就不说了。"

猪熊老头一本正经地说。接着，他又立刻膝

行靠近太郎，咽下几口唾沫，继续说道：“后来，大娘就怀了这个情人的孩子。这倒没什么，叫我吃惊的是，大娘生完孩子不久，就不知去向。一打听她的下落，有人说得传染病死了，有人说去了筑紫[1]，后来才知道住到奈良坂[2]的熟人那里。这下子我突然觉得人活着真没意思，于是开始喝酒赌博，后来甚至被人拉上贼船，偷盗抢劫。能偷丝绸，就偷丝绸；能偷锦缎，就偷锦缎。脑子里就想着大娘一个人，过了十年，十五年，好不容易又和大娘见面了……”

老头现在已经与太郎坐在同一张榻榻米上。话说到这个地步，大概由于他的感情逐渐亢奋起来，竟然老泪纵横，嘴巴颤抖着，说不出话来。太郎睁开他的独眼，看着对方抽抽搭搭的样子，像是看一个陌生人。

“见了面以后，才发现大娘已经不是过去那个

---

1 筑紫，日本古代地方行政区划中的一国，其领域约为现福冈县一带。

2 奈良坂，奈良县北部经般若寺前往本津的山路。

大娘，我也不是过去那个我了。但她带来的那个女孩子就是沙金，长得很像她。看见沙金，就像年轻时候的大娘又回到身边。于是我想，如果和大娘分开，肯定也要和沙金分开，如果不想和沙金分开，就必须和大娘在一起。好吧，既然如此，索性娶大娘为妻吧。这样，就有了这个破家……"

猪熊老头哭丧着脸靠近太郎，声音哽咽，刚才一直没有注意到的一股酒气扑鼻而来。太郎慌忙用扇子遮住鼻子。

"你知道，我这一辈子一心一意只喜欢过去的那个大娘，也就是现在的这个沙金。可是，你动不动就骂我是畜生。你就那么憎恨我这个老头吗？要是你恨我的话，索性杀死我算了。现在你就可以杀我。死在你手里，我也心甘情愿。你要明白，你杀死父亲，你也是畜生。畜生杀畜生，这倒很有意思。"

泪水渐干，老头又恢复了那副无赖的嘴脸，他甩动皱巴巴的食指，大叫大嚷："畜生杀畜生，来啊！你是懦夫。哈哈，刚才我给阿浓喝药，你见了火冒三丈，好像就是你把那个蠢货的肚子搞大的。你这个家伙不是畜生，谁是畜生？"

老头一边说一边迅速退到倒塌的拉门后面，打算夺路逃命。他脸色发紫，龇牙咧嘴，凶相毕露。太郎被他一顿臭骂，实在忍无可忍，站起来，手按刀柄，但是他没有拔刀，嘴唇急速抖动着，突然把一口痰啐到老头脸上。

"你这样的畜生，只配这个！"

"你别叫我畜生。沙金不是你一个人的老婆。她不也是次郎的老婆吗？这么说，你偷弟弟的老婆，你也是畜生。"

太郎又一次后悔没有杀了这个老头，但同时也害怕再产生杀人的念头。他的独眼火冒金星，狠狠地一跺脚，打算离开。就在这时，又听见猪熊老头在背后指手画脚地破口大骂。

"你以为我刚才说的话都是真的吗？告诉你，全是假的。什么大娘是我的老相好啊，什么沙金长相很像年轻时候的大娘啊，全是我胡编乱造的假话。你能拿我怎么样？我是骗子！我是畜生！

我是差一点儿死在你刀下的混蛋……"

老头唾沫飞溅，骂不绝口，口齿渐渐含糊不清，但浑浊的眼睛依然充满仇恨，捶胸顿足，大叫大喊。

太郎实在无法忍受从心底涌上来的厌恶感，捂着耳朵，匆匆离开猪熊的家门。太阳开始偏西，仍然热浪袭人，只有燕子在空中轻灵地飞翔。

"上哪儿去呢？"

走到外面，太郎一下子清醒过来，意识到自己到这儿来是为了找沙金。可是到哪儿才能见到沙金呢？他不知该往哪儿去。

"管他呢，反正去罗生门，等到天黑再说。"

他的这个决定当然包含着几分能见到沙金的希望。因为沙金平时在天黑以后，喜欢女扮男装，以便夜间打劫。那些行头和家伙都放在罗生门楼上的箱子里。太郎打定主意，沿着小路大步往南走去。

太郎从三条大街往西拐，顺着耳敏川走到四条大街——刚刚进入四条大街的时候，看见一男一女两个人一边说话一边从立本寺的瓦顶板心泥墙下面顺着这条大街往北而去。

男的身穿枯黄色的麻布单衣，女的身穿浅紫色衣服，两人身影时常重叠在一起，从小道走上大街的一路上，留下串串爽朗的笑声。男的腰间佩带的乌鞘长刀，在照耀着繁忙穿飞的燕子的阳光下闪闪发亮。一眨眼的工夫，两人已经走远。

太郎满脸阴霾，不由自主地驻足路旁，痛苦地自言自语：

"所有的人都是畜生。"

六

夏天的夜晚，很快就到深夜的亥时上刻。

月亮还没出来，京城悄无声息地沉睡在一望无际的令人窒息的沉重黑暗里。加茂川的河面在几许星光的映照下，泛着微弱的白光。大街小路，灯光渐熄。不论是皇宫，还是原野，千家万户，都在这静谧夜空下，在朦胧的广阔平面上，将色彩和形状无限延展。不论是左京还是右京，除了偶尔穿飞的杜鹃的叫声外，万籁俱寂。如果说其中有一点儿让人感觉亲切的灯火的摇曳或者轻微的声音，那也许就是在香火缭绕的大寺院大殿里，参笼香客跪拜在金粉、铜绿斑驳的孔雀明王画像前祈祷的长明灯发出的，也或许是一群乞丐在四条大街、五条大街的桥下，为度过夏日的短夜而焚烧垃圾的火光，还或许是朱雀门的狐狸精每天夜晚在瓦上草间点燃的，吓唬过往行人的一闪一灭的鬼火。除此之外，北起千本，南至鸟羽街道的尽头，只有弥漫着驱蚊草叶燃烧味道的深沉夜色，没有一丝风，连河滩的艾蒿也一动不动。

　　这时，位于皇宫北面的朱雀大街尽头的罗生门旁边，响起蝙蝠拍动翅膀一样的敲击弓弦的声音，互相呼应。于是，或一人，或三人，或五人，或八人，一身奇怪的装束，从四面八方逐渐聚集到一起。借着朦胧微弱的星光，只见他们都佩着刀，有的背箭，有的执斧，有的持戟，各自全副武装，打着绑腿，脚穿草鞋，威风凛凛，来到罗生门前的石桥旁边，整齐列队。站在队伍最前列的是太郎，他身后是猪熊老头，似乎已经忘记了刚才与太郎气急败坏的争吵，手持长矛，矛头在黑夜中凛然闪亮。再后面是次郎、猪熊大娘，稍远处站着阿浓。沙金站在他们中央，她身穿黑色水干，腰佩长刀，身背箭袋，以弓为杖，环视一下大家，然后张开她的灵巧漂亮的小嘴说道：

"大家听着，今天晚上的对手比以往都更难对付，都要做好这个精神准备。这样分头行动：太郎带十五六个人从后面进去，其他人和我从前面进去。进去以后的目标是后面马厩里的陆奥马。太郎，这事就交给你办。行吗？"

太郎默不作声，看着天上的星星，只是咧着嘴点点头。

"另外，我宣布一项决定：不许把女人、小孩作为人质，因为这样做处理起来很棘手。好，要是齐了，就出发吧。"

沙金举起弓，指挥大家行动。但她回头对咬

着手指头、情绪低落的阿浓亲切地说道:"你就别去了,在这儿等吧,过一两刻钟[1]大家就都回来了。"

阿浓像小孩一样呆呆地看着沙金的脸,轻轻点头。

"好,走吧!多襄丸,别大意。"

猪熊老头一边把戟夹在腋下,一边回头对身边的一个同伙说。那个身穿深红色水干的同伙只是摇晃手中的长刀护手,护手撞击着响了几声,他哼了一声,没有搭理猪熊老头。倒是一个肩扛斧头、满脸黑胡子的潇洒利索的男人从旁插嘴道:"我看倒是你自己别再让影子吓得屁滚尿流才好。"

二十三个强盗一起低声哧哧笑起来。他们以沙金为中心,如一团乌云,杀气腾腾地向朱雀大街拥去。像从沟渠里流溢出来的泥水向洼地漫延扩散一般,他们在黑夜的掩护下,迅速消失在黑

---

1 一刻相当于现在的两个小时。

暗里，不知去往何方……

天空透出淡淡的微亮，罗生门高高的屋瓦俯视着寂静无声的大路，还有杜鹃时近时远断断续续的叫声。一直伫立在七丈五级大石阶上的阿浓也不见踪影。不久，罗生门楼上突然亮起昏暗的灯光，一扇窗户"哗啦"一声打开，露出一张瘦小的女人的脸，眺望远处的月出。阿浓一边俯视逐渐明亮起来的京城，一边感受着腹中的胎动，高兴地微笑起来。

七

次郎挥动沾满血迹的长刀，和两个武士、三条狗拼死搏斗，顺着小路往南后退二三町。现在他已经无暇顾及沙金的安危。对方仗着人多势众，一拥而上，步步紧逼。恶狗也立毛耸背，前后左右，猛扑撕咬。在月光的映照下，大街微明，大体看得清楚双方手中挥舞的兵器——次郎被人和狗包围着，浴血奋战。

不是杀死对手，就是死于对手刀下，二者必居其一，别无生路。次郎已经横下一条心，一种异常的凶狠勇气不断在他全身凝集成力量。他挡住对方的长刀，并且奋力回砍的时候，脚下还要敏捷地躲开扑上来的狗——他几乎同时完成这些动作。不仅如此，甚至当他反手利用对方砍过来的长刀时，还必须防备从身后扑上来的狗。但是，不知道什么时候他还是受了伤。月光底下，他发现一道暗红色的东西和汗水一并顺着左鬓角流淌下来。可次郎正在你死我活地拼杀，一点儿也不觉得疼痛。他脸色苍白，优美的眉毛横拧成一字，仿佛是他被长刀舞弄一样，也顾不得帽子掉落，衣服撕破，只顾一个劲地挥动大刀，上下纵横，血刃相交。

不知道厮杀了多长时间，只见朝着自己上半身砍杀过来的一个武士突然往后一闪，紧接着一声惨叫，次郎便以迅雷不及掩耳之势对着他的侧腹一刀砍下去，直至腰窝。他听到砍断骨头的沉重声音，横扫过去的长刀在昏黑夜色中倏然闪亮。紧接着，长刀在空中一抡，恰好砍断正从下面杀将过来的一个武士的胳膊，对方立刻顺着原路逃了回去。次郎追上去举刀正要砍下来，一条猎狗像皮球一样蹦起来，朝着他的手腕扑咬上来。他不由自主地后退一步，血刃高举，却眼看着对方趁着月黑落荒而逃，全身肌肉仿佛一下子松弛下来似的，他不由得沮丧起来。次郎这才如梦方醒，发现自己站立的地方正是立本寺门前。

大约半刻以前，从正门攻击藤判官宅院的这群强盗突然受到中门左右两边、车棚内外的箭矢夹攻，乱箭无眼，令他们胆战心惊。冲在最前面的真木岛十郎的大腿中箭，箭杆深深插进肌肉里，站立不住，摔倒在地。紧接着的两三个人，有的脸部中箭，有的胳膊受伤，只得慌忙后退。对方不知有多少弓箭手躲在暗处。各色翎羽的锋镝发出尖锐的声响，如雨点般射来。连退在后面的沙金，黑色水干的衣袖也被箭矢斜着射穿。

"保护头领，不能让她受伤。射吧！射吧！老子也有弓箭。"

交野的平六使劲拍着斧柄，大声叫骂。于是听见有人"噢、噢"地回应，同时也开始响起向对方射箭的镝鸣声。手握刀柄退到后面的次郎听见平六这句话，感受到了苛责，便悄悄从侧面瞟了沙金一眼。只见沙金沉着冷静地面对这一场恶战，背对月光，持弓而立，嘴角露出微笑，目不转睛地看着箭矢交飞的场面。

这时，又听见平六急躁地吼叫起来："怎么把十郎扔在这里没人管？你们怕被箭射中，难道就对伙伴见死不救吗？"

十郎的大腿被箭射中，站不起来，只好扶着长刀，如同被拔掉羽毛的乌鸦一样，一边躲闪不断飞来的箭矢，一边挣扎着两腿往前蹭。次郎见状一阵战栗，不由自主地挥起腰刀。平六觉察出次郎的意图，斜眼瞧着他的脸，用嘲笑的口吻说道："你陪着头领。十郎交给这些弟兄就够了。"

次郎从这句话听出轻蔑的嘲讽，咬着嘴唇，以眼还眼地狠狠回瞪平六。

　　几个人立刻向十郎跑去，打算救他出来。然而没等他们跑到十郎身边，只听得一声刺耳的号角，乱箭纷飞之中，六七条耳朵尖竖、牙齿锐利的猎犬气势汹汹地狂吠着从门内冲出，卷起阵阵白烟，恶狠狠地猛扑过来。紧随其后的是十几个武士，手持武器，随着一声呐喊，争先恐后地往宅院外蜂拥过来。这一方当然也不甘示弱，抡着斧头的平六打头阵，在枪林箭雨之中，大刀闪烁，矛戟横扫，吼声四起，杀声震天，似野兽狂叫。开始时的胆怯情绪一扫而光，大家个个精神抖擞，热血沸腾，杀红了眼。沙金也箭搭弦上，依然挂着微笑的脸上掠过一抹杀气，迅速躲到路边的破墙后面作为掩护，准备迎敌。

　　很快，双方混战一场，分不清敌我，狂呼乱叫，在十郎倒地的地方展开了肉搏战。猎犬狂叫，那叫声充满血腥味。双方拼搏杀戮，血肉横飞，不知谁胜谁负。这时，从后门进攻的一个人满身汗水尘土，而且大概还身受三处轻伤，血迹斑斑地跑过来。从他扛在肩上的长刀的刀刃缺口来看，似乎打得格外艰苦。

"那边都要撤退了！"他借着月光，来到沙金面前，气喘吁吁地说，"带队的太郎在门内被他们包围了，打得很苦。"

沙金和次郎在昏暗的板墙后面，不由得对视一眼。

"被包围了……怎么回事？"

"我也不知道怎么回事。不过，看来……他这个人，我想大概不要紧的。"

次郎转过脸，从沙金身旁走开——那个小喽啰当然没有在意。

"还有，老爷子和老太婆的手好像都受伤了。看样子，被他们杀死的也有四五个。"

沙金点点头，从后面追上次郎，声音冷峻地说："那我们也撤。次郎，你吹口哨吧。"

次郎脸上的表情仿佛已经凝固，他把左手手指含在嘴里，吹出两声尖锐的口哨——这是通知大家撤退的暗号。但是，听到这个信号后，似乎没有人转身撤退（实际上，大概因为被敌人和狗围困着，连转身撤退的机会都没有）。口哨的声音撕破闷热的长夜，消失在远处空荡荡的小路那头。人的吼叫声，狗的狂吠声，兵器的撞击声，地动山摇，震撼着高渺的星空。

沙金仰望月亮，闪电般挑动着眉毛。

"真没办法，那我们先回去吧。"

她的话还没说完，次郎仿佛充耳不闻似的，又把手指含在嘴里，正要吹第二遍口哨。只见几个同伙突然乱了阵脚，左右分开，敌人带着狗直向他们冲来。说时迟，那时快，只听见沙金手里的弓箭嗖的一声，跑在最前面的一条白狗应声倒下，箭矢射进它的肚子，股股黑血洒在地面的沙子上。跟在狗后面的一个武士毫不畏惧，挥舞长刀向次郎横扫过来。次郎几乎是下意识地挡住对方的武器，刀刃相击，铿锵一声，火花迸溅。借着月光，次郎看见对方汗水湿透的红胡须和破碎的粉白色武士服，认出了对方。

他的脑子里立刻浮现出立本寺门前的景象，同时突然感到一阵恐惧：沙金会不会和眼前这个家伙合谋，不仅要杀死我哥哥，还要杀死我呢？一瞬间产生的怀疑化作冲昏头脑的震怒，次郎脱兔般敏捷地躲闪过对方的长刀，双手紧握刀柄，奋然跃起，直刺对方胸部。对方立即倒地，次郎用脚上的草鞋狠狠踩踏对方的脸。

他感觉到对方热乎乎的鲜血溅到自己的手上，便用刀尖触碰他的肋骨，感觉到了强烈的抵抗。奄奄一息的对手在次郎的草鞋踩踏下，依然咬了他几次。这一切都因他的复仇心理而产生刺激的快感，但同时也有一种难以言状的疲惫袭上心头。如果周围环境允许的话，他肯定会不顾一切地躺下去，痛痛快快地休息一番。但是，在他踩着对方的脑袋，把血淋淋的长刀从对方的胸部拔出来的时候，几个武士已经把他团团围住。岂止如此，一个武士从背后偷偷上前，把矛头对准次郎的后背就要刺进去。就在这时，这个武士突然一个趔趄，身子前倾，矛头刺破次郎的衣袖，脸朝下扑倒在地——原来在这千钧一发之际，一支箭"嗖"的一声从后面飞来，深深穿进他的后脑勺。

后来发生的事情，连次郎都觉得是在做梦。他像野兽一样怒吼，不看对手是谁，死命抵挡前后左右砍来的长刀。他觉得周围声音沸腾，人的吼叫和兵器的撞击声混成一片，血汗模糊的脸在刀光剑影中出没——除了这些，次郎的眼里没有别的东西。不过，他还是惦念留在后面的沙金，如长刀撞击时迸溅的火花一样，时常在心里闪现。然而，这种闪烁的思绪立刻消失在眼前生死关头的搏斗里。接着，刀枪碰撞和弓箭呼啸的声音如遮天蔽日的蝗虫一起拍动翅膀，在被倒塌的土墙堵塞的小路上惊天动地地震荡着。次郎在杀得天昏地暗的时候，被两个武士和三条狗紧追不舍，顺着小路渐渐往南退。

次郎杀死一个武士，又把另一个武士杀得落荒而逃，于是他觉得对付三条狗也没什么可怕。然而他想得太简单了。这三条狗都是狗中良种，论个头，比起小牛犊有过之而无不及；论毛色，都是茶色花斑。它们的嘴边沾满人血，照例从左右两边向次郎的脚下扑来。次郎才踢开一条狗的下巴，另一条又狗扑上他的肩膀，而第三条狗差一点儿咬住次郎拿着长刀的那只手。接着，三条狗在次郎的前后左右摆出三角形的阵势，尾巴竖起，像闻着地面沙土的味道似的，前脚紧贴下巴，汪汪狂叫。次郎杀死武士对手以后，刚松了一口气，没想到又被这些猎狗顽固地纠缠，比刚才更令人恼火。

次郎越是气恼，他的长刀越是落空，甚至常常站立不稳。狗趁他脚下趔趄，喷吐着热气，没完没了地扑上来。次郎心想，到了这个地步，只有最后一招了。他拖着砍空的长刀，从准备咬他脚的一条狗的背上勉强跳过，借着月光，拼命逃跑。他心存一线希望，要是狗追得筋疲力尽，也许他可以死里逃生。次郎的这个想法本身，就像溺水者抓住稻草求生一样无济于事。狗见他逃跑，一齐卷起尾巴，排成一列，后脚扬起尘土，饿虎扑羊般紧追不舍。

次郎的这个计谋不仅没有让他摆脱猎犬的追赶，反而使他陷入了虎口。次郎在立本寺的十字路口勉勉强强往西拐去，大约跑出两町左右，突然听见前方传来比后面更响的狗吠声。在月光照耀下，小路上蜂拥着的野狗乌云般挤作一团，左冲右撞，乱成一团，像是在抢夺食物。几乎就在同时，迅速追赶上来的一条猎犬超过他，像呼唤其他狗一样高声叫起来，于是这群发疯一样的野狗竞相猖猖狂叫。次郎立刻被卷进这群散发着腥膻臭味的狂乱动物的漩涡。一群野狗深更半夜麇集在小路上本来是很少有的。原来这十几二十条狰狞凶猛的野狗在这京城的废墟上肆无忌惮地为所欲为，饥饿贪婪地寻找血腥味，是为了抢夺得了瘟疫被抛弃在这里的那个女人。它们龇牙咧嘴，凶残地撕咬女人的肌肉和骨头，你抢我夺，暴戾恣睢。

这群野狗一见又有新的食物，呼啦一下子如被狂风吹动的稻穗，从四面八方向次郎扑上来。一条健壮的黑狗从他的长刀上一跃而过，紧接着一条没尾巴、状如狐狸的狗从后面跳起，蹿过他的肩膀，血淋淋的胡须从他的脸颊掠过，沾满泥沙的前爪从他眉宇间斜擦而过。他握着手中的刀不知道该砍还是该挡，不论前后，见到的都是晶亮的绿光和喘着粗气的狗嘴。而且这无数的眼睛和嘴巴从路上密密麻麻地紧逼上来。次郎挥动着长刀，突然想起猪熊大娘的话："反正是死，索性横下一条心痛痛快快地死算了。"他心里叫喊着这句话，干脆闭上眼睛。一条要咬他脖子的狗吐出的气息热乎乎地喷在他的脸上，他又不由自主地睁开眼睛，长刀横扫过去。不知道经过多少次搏斗，大概臂力逐渐衰弱，手里的长刀仿佛越来越重，而且脚下站立不稳。这时，比被他砍杀的狗数量更多的野狗，成群结队地从原野上、从坍塌的板墙边接连不断地飞跑集结过来……

次郎抬起绝望的眼睛，瞥了一眼天上小小的月亮，双手持刀横在胸前，电光石火间想起哥哥，想起沙金。本想杀死哥哥，自己却死在野狗嘴下——这是上天对自己最好的惩罚。想到这里，他情不自禁地热泪盈眶。然而，狗仍在向他疯狂进攻。一条猎犬忽然扫动茶色斑点的尾巴，猛扑过来。次郎立刻感觉到左大腿被尖利的牙齿狠咬了一口。

这时，在月色微明的两京二十七坊的夜色深处，一阵遥远的嗒嗒马蹄声如风一样向着天空扩散传来，压倒喧嚣狂躁的狗叫声……

在这场腥风血雨的战斗期间，只有阿浓一个人站在罗生门上，脸上浮现出安详的微笑，眺望着天边的月出。热得消瘦的月亮在微明泛青的天色中，岑寂地从东山徐徐爬上天空。于是，加茂川的木桥在灰白的水光上逐渐暗淡地浮现出来。

不仅加茂川，连眼前的京城街道，刚才还笼罩着死人气味，倏忽之间，也如同镀上一层金色的冷光。九层塔、寺院的屋顶等一切物象泛动着似有若无的微光，若隐若现地包裹在渐明尚黑的天色里，犹如越人[1]所说的海市蜃楼。环绕街道的群山上仿佛还留有白天太阳炙烤的余热。山顶月

1　越国，日本北陆地方的旧称。

色朦胧，所有的山峰都如同陷入沉思，从淡薄的雾霭上面宁静地俯视一片荒寂的街道。阿浓闻到一缕淡淡的凌霄花的香味——原来，在罗生门左右的浓密草丛里，一簇一簇的凌霄花伸展着花蔓，缠绕着破旧的门柱，大概正要向着岌岌可危的屋瓦、布满蜘蛛网的橡子攀缘上去……

倚靠在窗边的阿浓使劲翕动鼻翼，一边尽情吸着凌霄花的香气，一边想着朝思暮念的次郎，想着腹中胎儿希望他早日问世，想着各种各样的事情，漫无边际。她不记得自己的亲生父母，甚至自己生在什么地方也完全忘记了。只记得小时候有一次被人抱着——或是背着——从罗生门这样的朱漆大门下走过。当然，这个记忆究竟有几分可信，现在也不得而知。要说多少记得的，还是自己懂事以后发生的事情。然而，这些记得的事情，又净是些最好不要记住的事情。比如有时候受到别的孩子欺负，把自己从五条街的桥上倒挂着扔进河里；有时候因为饿得实在受不了就偷东西吃，结果衣服被剥得精光，吊在地藏堂的房梁上。由于犯事被沙金救了一命，便自然而然地加入了盗贼一伙，然而受的罪并不因此而减少。虽然她的天性几乎和白痴没什么两样，但也有感情。阿浓只要违背猪熊大娘的话，就经常遭受毒打。猪熊老头往往借着酒醉，故意刁难她。甚至平时对她照顾有加的沙金，一旦被惹怒了，也会揪着阿浓的头发暴揍一顿。每次挨骂挨打以后，阿浓就跑到罗生门楼上，独自伤心流泪。要不是次郎经常过来安慰她，用亲切的话语鼓励她，也许她早就从城楼上跳下去自杀了。

烟灰般的东西在月色里翩翩翻飞，从屋瓦下面向着窗外微蓝的天空飘去——是蝙蝠。阿浓望着天空，入迷地凝视着稀疏的星星。这时，她又感觉到腹中胎儿的活动。她急忙竖起耳朵，凝神谛听胎儿的动静。如同她拼命挣扎着要逃脱世间的痛苦，腹中的胎儿也在挣扎着要到世间来品尝痛苦。不过阿浓并不打算考虑这些。即将成为母亲的喜悦，还有对于自己也能成为母亲的喜悦，如同凌霄花的芳香一样，一直充满她的整个心怀。

她突然觉得，胎儿这么大动静，大概是因为睡不着觉的缘故吧。也许因为睡不着觉，正挥手蹬脚地啼哭哩。她不由自主地对胎儿低声说道："小宝宝，乖，睡吧。好好睡吧，天快亮了。"这么一说，胎儿似乎不动了，可接着又立即动起来。而且疼痛也逐渐加剧。阿浓离开窗边，就势蹲下来，背对灯台的昏暗灯火，想抚慰腹中的胎儿，便轻声唱起歌谣。

> 岂能抛弃君，
> 我心自轻浮。
> 波涛越松山，
> 波涛越松山。[1]

模糊记忆的歌声随着摇曳的灯火在楼上颤颤巍巍、断断续续。这是次郎喜欢唱的歌谣。他一

1　《古今和歌集》中的东歌。

喝醉酒，肯定要手拿扇子，一边打着拍子，一边闭着眼睛，反复歌唱。沙金经常拍掌笑话他唱走了调——腹中的胎儿一定也喜欢这首歌谣。

然而，谁也不知道这是否真的是次郎的孩子。阿浓本人对此事讳莫如深。每当有同伙不怀好意地打听谁是孩子的父亲时，阿浓总是双手抱在胸前，羞涩地垂下眼睛，拒不开口。每当这时，她那脏兮兮的脸上总是泛起少女的红晕，连眼睫毛也噙着泪花。同伙见状，更是起哄吵嚷，取笑她是一个傻女人，连肚里孩子的父亲是谁都不知道。然而，阿浓心里坚信自己怀的是次郎的孩子。她相信因为自己爱恋次郎，所以怀上他的孩子是理所当然的。她每次在这罗生门的楼上孤独地睡觉的时候，都要梦见次郎。如果次郎不是孩子的父亲，那又能是谁呢？阿浓轻声哼唱歌谣，眼睛凝视着远方，连被蚊子叮咬也没在意，仿佛坠入梦境。这是忘记世间痛苦，又给世间痛苦涂抹上某种色彩的美丽而凄惨的梦境（没有经历过痛苦的人绝不会做这样的梦）。在梦里，一切罪恶都从眼前消失得一干二净。但只有人的悲伤——人的巨大的悲伤，如洒满天空的月光，依然孤寂而严酷地存在着……

> 波涛越松山，
> 波涛越松山。

歌声与灯火一起逐渐变细变弱，最后消失。与此同时，无力的呻吟开始呼唤黑暗。阿浓唱到一半，忽然感觉到腹部剧烈的疼痛。

由于对方严阵以待，将计就计，攻击后门的强盗从一开始就遭到对方箭矢的猛烈射击，接着又受到从中门出击的武士们的沉重反击。几个打先锋的强盗本来以为这些武士不过是小毛孩的本事，根本不把他们放在眼里，现在却阵脚大乱，纷纷逃命。其中最贪生怕死的要数猪熊老头，比谁都跑得快。但不知道怎么回事，慌乱中方向错误，竟不知不觉地闯进对方阵营里。不论是肥头大耳的体格，还是提着长矛的可怕模样，都使他被对方认为是一员骁勇的干将。武士们一见猪熊老头，互相使个眼色，两三个人一组端着武器从前后步步紧逼上来。

"别搞错了！我是这家老爷的仆人。"猪熊老头惊慌失措地大声叫喊。

"胡说！你以为老子是那么容易上当受骗的傻瓜吗？你这个老不死的！"

武士们破口大骂，准备一刀砍下去。这个时候，猪熊老头已经无路可逃，他的脸色像死人一样煞白。

"我没有撒谎，我没有撒谎！"

他使劲睁大眼睛，环顾四周，迫不及待地想找一条逃生之路。他的额头上直冒冷汗，双手不停地颤抖。但周围还是双方殊死搏斗的战场，在宁静的月光下，武士和强盗厮杀在一起，刀光剑影，血肉横飞，狂呼乱叫，惊心动魄。猪熊老头觉得反正自己求生无望，立刻与刚才判若两人，横眉怒目，满脸杀气，龇牙咧嘴，猛端长矛，气势汹汹地叫骂起来："老子撒谎又怎么样？你们这些蠢货！混账！畜生！来啊！"

话未落音，矛头就飞溅出火花，一个满脸横肉、脸上有红痣的武士第一个跳出来从旁边猛砍过来。猪熊老头本来就已经年迈，自然不是这个膂力过人的武士的对手，还没战十个回合，就自觉体力不支，枪法逐渐混乱，只有招架之功。猪熊老头且战且退，退到小路中间，那个武士举起刀来，只听他突然大叫一声，猪熊老头的长矛柄咔嚓一声从中间折断。紧接着，他的长刀从老头的右肩朝胸部斜砍下来。猪熊老头一屁股蹾坐下去，倒在地上。他圆睁眼睛，大概无法忍受恐惧和痛苦，魂飞魄散地用四肢爬行后退，颤抖着声音叫喊起来："我遭暗算了！遭暗算了！救命啊！"

红痣武士从后面跷起脚，举起沾满鲜血的长刀。这个时候，如果没有一只像猴子一样的东西，在月色里掀动着麻布单衣的下摆跳进他们之间，猪熊老头肯定已经成为刀下鬼了。只见那只"猴子"挡在猪熊老头和那个武士之间，匕首迅疾一闪，插进武士的胸下部。与此同时，武士的长刀也横扫在他身上，他发出可怕的叫声，像踩在烧红的火筷子上一样蹦跳起来，然后扑在武士的脸上，两人一起倒地。

接着，两人互相抓住对方，开始野兽般酷烈残暴地殴打，撕咬，揪头发……纠缠在一起，简直分不清谁是谁。一会儿，"猴子"骑在武士身上，只见匕首又一反光，被压在下面的武士的脸除了那一颗红痣还保留原样外，立刻变成血红一片。接着，大概"猴子"也精疲力竭，仰面瘫软地倒在武士身上。这时，借着月光，才看清楚这个断断续续大口喘息的满脸皱纹的"猴子"原来是长着一张癞蛤蟆脸的猪熊大娘。

老太婆抽动着肩膀喘气，躺在武士的尸体上面，左手还紧紧抓住他的发髻，发出痛苦的呻吟。接着她使劲翻了一下白眼珠，两三次极力张开干裂的嘴唇，呼唤丈夫："老爷子，老爷子。"

声音极其微弱，但包含着亲切的感情。没有

人回答。猪熊老头在老太婆前来搭救她的时候，早已扔掉武器，在遍地血泊里连滚带爬地逃之夭夭了。当然，后来还有个强盗在小路上挥舞武器和敌方殊死搏斗。但对于这个垂死的老太婆来说，这一切都与自己毫无关系。猪熊大娘用越来越微弱的声音呼唤自己的丈夫。她的每次呼唤，都没有得到丈夫的回答，这种凄凉悲痛比身上的重伤更加尖锐地刺痛她的心灵。她的视力迅速衰弱，周围的景象逐渐变得模糊不清，除了自己眼前一望无际的巨大夜空和那一轮小小的白色月亮，对于其他一切都没有清醒的意识。

"老爷子……"

老太婆满嘴是血，自言自语地低声呼唤，神志恍惚，逐渐昏迷过去——也许就这样昏昏沉沉地坠入再也无法苏醒的沉睡的深渊……

这时，太郎骑着一匹没有鞍辔的栗色骏马，口衔沾满血迹的长刀，双手抓着缰绳，如旋风般飞驰而过。不言而喻，这就是沙金想弄到手的那匹陆奥产的三才驹。强盗们被打得七零八落，撒下尸体，尽行撤退。月光下的小路白得如同铺了一层寒霜。太郎骑在马上，微风吹拂着他的一头乱发。他环顾四周，充满自豪地望着在他后面谩骂叫嚷的人群。

他理所当然地感到骄傲。当他看到同伙不敌对手的时候，心想即使别的东西抢不到，至少也要把那匹马弄到手。决心既定，便挥动那把葛藤缠柄的长刀，乱砍乱杀，只身冲进门内，一脚踢开马厩的门，飞身上马，切断缰绳，两腿一夹，四蹄腾空，冲破一切障碍，突出重围。为此身上不知道受了多少处伤，衣袖撕裂，帽子掉落，挂在带子上，破烂不堪的裙裤血迹斑斑。一路上刀山枪林，太郎却大发神威，见一个杀一个，见两个杀一双。现在想起当时冲锋陷阵、杀开一条血路的情景，也不禁无限欣喜骄傲。他不时回首看着身后的人群，嘴角露出爽朗的胜利微笑，意气风发地策马飞奔。

他心里想着沙金，同时也想着次郎。他虽然自责自欺欺人的懦弱，却仍然幻想着有一天沙金会重新倾心自己。除了自己，谁还能在这恶战中夺来这匹骏马呢？对方不仅人数众多，而且占据地利的优势。要是次郎的话——他的脑子里突然闪过弟弟伏尸武士刀下的场面。当然，对他来说，这个想象没有丝毫不快的感觉，甚至可以说是他心底暗自祈求的某种事实。无须亲自动手，只消借别人的刀杀死次郎，这不仅可以不受良心的苛责，而且从结果来看，也不用害怕沙金为此而憎恨自己。他心里虽然这么想，但还是为自己的这种卑鄙心态感到羞耻。于是，他右手拿下衔在嘴里的长刀，慢慢揩拭上面的血迹。

血迹擦完以后，他把长刀插入刀鞘，拐过十字路口，只见月光下，前面有二三十条野狗汪汪狂吠。在野狗之间，有一个模模糊糊的人影背对着坍塌的板墙挥刀搏斗。就在这时，太郎的坐骑高声嘶鸣，甩动长长的鬃毛，四蹄生风，卷起沙尘，疾风般飞奔过去。

"是次郎吗？"

太郎忘乎所以地大叫，剑眉紧锁，看着弟弟。

次郎也一边挥刀砍杀，一边扬脖看着哥哥。就在这一瞬间，他们都看到对方眼睛深处潜藏着的那种可怕的东西。马大概受到这群狂叫的野狗的惊吓，高昂脑袋，前蹄划个大圈，更加急速地跳跃起来，只见扬起的灰尘化作一道白柱升上夜空。次郎遍体鳞伤，仍然站在野狗群中孤身作战……

太郎苍白的脸上已经没有刚才的微笑，他心中只是一个劲儿地对自己说："快跑！快跑！"只要跑出一会儿，不，哪怕是半会儿，就万事大吉。他要做的事，总有一天要做的事，现在狗替自己做了。有个声音在他的耳边一直回响着："快跑！怎么还不跑？"是啊，反正这件事总要发生，早晚而已。如果今天弟弟和自己换个位置，他肯定也会采取自己现在的这种态度。"跑吧！罗生门离这儿不远。"太郎的独眼像发烧一样闪动着亮光，下意识地踢了马腹一脚。骏马四蹄迸溅出火花，尾巴、鬃毛披拂长风，一往无前地狂奔而去，月光里的小路如湍急的河水在他的脚下迅速倒流……

然而，一个熟悉的词语却不由自主地从他的嘴里流淌出来："弟弟。"他是自己难以忘怀的亲生弟弟。太郎紧紧抓住缰绳，脸色苍白，紧咬牙关。面对这个词语，一切判断都从眼前消失。这并非是被迫选择弟弟还是沙金，而是这个词语震撼着他的心灵。他看不到天空，看不到小路，更看不到月亮，看到的只是无边无际的黑夜，还有如黑夜般深深的爱憎。太郎发疯地叫了一声弟弟的名字，挺起身子，侧身使劲拉起缰绳，只见马立刻转变方向。马的嘴巴溢出白雪般的泡沫，马蹄清脆地敲打着大地。太郎阴惨黯淡的脸上，一只独眼仿佛冒出火花，驱使汗水津津的骏马朝原路飞奔而去。

"次郎！"

他一路上高喊弟弟的名字，心中翻江倒海般的感情风暴借此宣泄出来。这声音带着敲打烧红的铁块般的回响，尖锐地穿透次郎的耳朵。

次郎神情严峻地看着骑在马上的哥哥。这不是平时所见的那个哥哥，甚至也不是刚才见死不救飞马而去的哥哥。从哥哥那紧蹙的眉头、紧咬下唇的牙齿，还有闪动着怪异光亮的那只独眼中，次郎发现正燃烧着一种几乎接近于憎恶的爱——先前从未见过的不可思议的爱。

"次郎，快上马！"

太郎策马以陨石坠落之势冲进狗群里，在小路上斜跑转圈，用叱咤的声音呼喊着。这个时刻，容不得任何的犹豫和踌躇。次郎把手里的长刀使劲往远处扔出去，趁着狗回头追赶长刀的空隙，轻巧敏捷地跳上马背。太郎也立即伸出手臂，抓住弟弟的衣领，拼命把他拖上来。马甩动脖子，鬃毛拂动月光，就地转动三圈的时候，次郎已经稳稳坐在马背上，紧紧抱着哥哥的胸部。

这时，一只满嘴沾满鲜血的黑狗怒吼着，卷起一阵沙尘向马鞍扑上来，尖利的牙齿差一点儿咬着次郎的膝盖。危急时刻，太郎抬身狠狠踢了马肚子一脚。马一声长嘶，摆动尾巴。那尾巴扫了一下黑狗的嘴边。黑狗扑了一个空，只扯断次郎的绑腿，一头栽到低着脑袋的狗堆里。

次郎出神地看着这一切，仿佛看着一场美梦。他的眼睛，既看不见天，也看不见地，只觉得抱着他的哥哥的脸——这张脸全神贯注地注视着前方，半边沐浴着月光，显得和蔼而庄严。他感觉到心里逐渐充满无限的安全感。这是离开母亲身边以后多少年没有感受过的那种宁静而强大的安全感。

"哥哥。"

次郎似乎忘记自己是在马上，用力抱着哥哥，高兴地微笑着，脸颊贴在太郎的胸脯上，簌簌落泪。

一会儿工夫，他们来到阒无一人的朱雀大街上，静静地策马缓行。哥哥默不作声，弟弟也沉默不语。在万籁俱寂的夜晚，只有清脆的马蹄声回响，他们头顶上横亘着清冷的银河。

八

罗生门。是夜，天还没有破晓。从下面看上去，只有斜月残光在冷露濡湿的屋瓦和朱漆剥落的栏杆上迟迟徘徊。罗生门下面，由于斜着伸出的高高屋檐遮风挡月，又热又黑，蚊子十分猖獗，空气如腐烂了一般凝固沉闷。从藤判官的宅院撤退出来的这一群强盗围坐在黑暗中，点燃微亮的火把，三五成群，或立、或卧、或蹲在圆柱底下，正忙着包扎伤口。

伤势最重的要数猪熊老头。他把沙金的旧夹衣铺在地上，仰卧在上面，眼睛半睁半闭，不时用嘶哑的声音发出惊悸般的呻吟。他疲惫困顿，甚至搞不清楚自己是刚刚躺在这里的呢，还是一年前就已经这样睡在此地。像是为了嘲弄这个即将死去的老头，他的眼前出现各种各样的幻影，不停地闪现。对他来说，这些幻影与现在罗生门阁楼下发生的事情，总归要成为同一个世界。他分辨不出时间与地点，在昏迷之中，以准确且超越理性的某种顺序重新开始自己丑陋一生的各种生活。

"喂，老婆子，老婆子怎么样了？老婆子……"

他被产生于黑暗又消失于黑暗的可怕幻影吓得胆战心惊，扭动着身子，挣扎着呻吟。

这时，用汗衫袖子包裹额头伤口的交野的平六从旁边探出脑袋，说道："你问老婆子啊？已经去极乐世界了。大概现在正坐在莲花座上着急地等着你哩。"

说完以后，他为自己开的玩笑乐得哈哈大笑起来，并回头对正在另一个角落里为真木岛十郎包扎腿伤的沙金说："头儿，看来老爷子活不成了。看着他这样痛苦，太残忍了，索性我送他上西天算了。"

沙金声音清脆地笑起来："开玩笑！反正都是死，让他自己死吧。"

"哦，好。那就这样吧。"

猪熊老头听着他们的对话，一种预感和恐惧袭上心头，全身如冻僵一样的感觉。接着，他又大声呻吟起来。这个对敌人怕得要死的胆小鬼也曾经以刚才平六所说的理由,不知用矛头杀死过多少个濒临死亡的同伙,而其中大多仅仅是出于杀人这个兴趣,或者仅仅出于向别人和自己显示勇气这样单纯的目的,竟然干出如此丧尽天良的事情。然而,今天……

有人——不知道他的痛苦似的——在灯影里哼起歌谣:

黄鼠狼吹笛子,

猴子吹奏乐器,

蝗虫打着节拍,

蟋蟀跳起舞蹈。

接着突然响起啪的拍打蚊子的声音,还有"哟——嗬嘿"唱和歌谣的节拍声。两三个人似乎在摇晃着肩膀,压低声音嘿嘿笑起来。猪熊老头浑身颤抖,为了确认自己还活着,使劲睁开沉重的眼皮,一动不动地看着火光。火光在火焰四周扩散着无数的圆圈，在黑夜的顽强进攻下，放射着细微颤动的亮光。一只小金龟子嗡嗡地叫着飞来，一接触光圈，翅膀就被烧掉，掉落下来，一股臭味扑鼻而来。

自己也会像这只小虫子一样，很快就要死去。这副血肉之躯，死去以后，总归要被蛆虫、苍蝇吃得精光。啊，我就要死去，而同伙们仍然若无其事似的又唱又笑又闹。想到这里，难以言状的愤怒和痛苦吸吮着猪熊老头的骨髓，同时，一个辘轳似的不停旋转的东西飞溅着火花落到他的眼前。

"畜生！混蛋！太郎，喂，你这个混账！"

这些话从他无法活动的舌尖不由自主地断断续续流淌出来。

真木岛十郎尽量避免大腿伤口疼痛，慢慢地翻转过身子，用干哑的声音对沙金低声说道："他怎么这么恨太郎啊？"

沙金皱起眉头，瞥了猪熊老头一眼，点点头。

有人用哼歌一样的鼻音很重的声音问道："太郎怎么样了？"

"恐怕没救了。"

"谁说看见他死了？"

"我看见他和五六个人在砍杀。"

"哎呀呀，顿生菩提，得道成佛了。"

"也没见次郎啊。"

"说不定也是同样的下场。"

太郎死了。老太婆也已一命归天。自己大概也马上就要呜呼哀哉。死。死究竟是什么？无论如何，他不想死。可是终究难免一死。像一只小虫那样，轻贱地死去。这些漫无边际、莫名其妙的想法如同在黑暗中嗡嗡叫的蚊子一般，从四面八方恶毒地刺着他的心。猪熊老头仿佛感觉到，这看不见摸不着的无形又令人恐惧的死正从朱漆柱子后面耐心地一动不动地注视着自己的呼吸，残酷而又沉着地凝视着自己的痛苦，并且正一点一点地膝行过来，如即将消失的月光，逐渐来到自己的枕头旁边。但是，无论如何，自己实在不想死……

> 夜晚与谁眠,
> 共寝常陆[1]介[2],
> 同衾多欢乐。
> 红叶男山峰,
> 此名天下扬[3]。

鼻音哼唱的歌谣与榨油木棒一般嘎吱嘎吱的呻吟声混为一体。有人在猪熊老头的枕边一边吐唾沫一边说:"怎么不见阿浓这个傻瓜啊?"

"是呀,怎么不见啊?"

"我想十有八九在上面睡觉。"

"啊,听上面猫在叫。"

大家一下子安静下来,只剩下猪熊老头断断续续的呻吟声和微弱的猫叫声。这时,温暖的

---

1 常陆,日本旧国名,属东海道,在今茨城县。

2 介,律令制的四等官的第二位,辅助长官。

3 见于《枕草子》第七十六段。

晚风开始从柱子间吹过，轻轻送来凌霄花淡淡的芳香。

"听说猫也成精了。"

"阿浓的对象也就是变成猫精的老头吧。"

沙金衣服窸窣响动，用责怪的口气说："不是猫。谁上去看看？"

交野的平六答应一声，把长刀靠在柱子上，站起来。脚步声在柱子那边通往楼上的二十多层楼梯上吱嘎吱嘎响起来。所有的人都莫名其妙地紧张起来，谁也没有说话，只有带着凌霄花香气的微风轻轻拂过。突然听见平六在楼上大声叫嚷起来。接着，响起一阵急促的下楼的脚步声，搅乱了惊恐而沉滞的黑暗——定出了大事。

"你们说怎么回事？阿浓这女人生孩子啦。"

平六一下来，就把旧罩头衣服包裹的一个圆鼓鼓的东西伸到火光下。散发着女人气味的脏兮兮的衣服里包裹着刚刚出生的婴儿。那婴儿与其说是人，不如说像一只剥皮的青蛙，摇动着沉重的大脑袋，皱着丑陋的脸蛋大声哭叫。不论是胎毛，还是细小的手指，身上所有的一切都引起大家的厌恶感和好奇心。平六环视左右，摇晃着手里的婴儿，扬扬自得地说起来：

"我上去一看，阿浓趴在窗户下面，像死过去一样，不停地呻吟。虽说是傻子，毕竟是女人啊。我以为她生病痛苦，走到身边一看，叫我大吃一惊。像被掏出来的一堆鱼肠一样的东西在昏暗中啼叫。我用手一摸，那东西动了一下。看它身上没毛，觉得肯定不是猫。我一把把它抓起来，在月光下一照，原来是刚刚生下来的婴儿。你们瞧，大概是被蚊子叮的，胸部、腹部都是红斑。阿浓也做母亲了。"

平六站在火把前面，他周围的十五六个强盗或立或卧，都伸出脖子，露出陌生人般的亲切微笑，凝视着这刚刚被赋予生命的红红的丑陋的肉块。婴儿也不安静，手舞足蹈，最后脑袋往后一仰，又张开没有牙齿的嘴巴，尖声哭起来。

"哎呀，还有舌头。"

刚才哼唱歌谣的那个人傻乎乎地叫起来，惹

得大家哄堂大笑，忘记了伤口的疼痛。这时，猪熊老头似乎拼尽剩余的全部力量突然从大家身后大声说道："让我看看这孩子。喂，让我看看。不给我看吗？喂，混蛋！"

平六用脚捅了捅他的脑袋，带着威胁的口吻说道："想看，给你看。你才是混蛋呢。"

平六弯腰把婴儿随意伸到猪熊老头眼前，猪熊老头睁大浑浊的眼睛，目不转睛地盯着。他的脸色逐渐变得像蜡一样苍白，眼皮满是皱纹的眼睛泪水盈眶，颤抖的嘴唇荡漾着奇异的微笑，从未有过的天真表情使他脸上的肌肉慢慢松弛下来。而且，原本好唠叨的他，现在却沉默不语。大家知道，死亡终于俘虏了这个老人。然而，谁也不明白他的微笑的含义。

猪熊老头慢慢伸手，摸了一下婴儿的手指。婴儿似乎被针刺了一下，立刻疼痛似的大哭起来。平六真想斥责他几句，却又忍住了。因为他看见老头没有一点儿血色的胖脸上此时闪现着一种与平时不同的、难以侵犯的严峻神情。甚至站在他前面的沙金，也仿佛等待着什么似的，屏息凝神注视着她的养父——也是自己的情人。猪熊老头还是没有开口，但是一种神秘的喜悦，如恰好吹来的黎明暖风一样，在他的脸上平静而愉快地荡漾开来。这时，他透过黑夜，在人的眼睛无法到达的遥远高空，看见即将岑寂而冷漠地来临的永恒的黎明。

"这孩子……这是……我的孩子。"

他的话十分清楚明白。接着，他又摸了一下婴儿的手指。他的手软弱无力，眼看着要掉下来。站在一旁的沙金赶紧轻轻扶住他的手。十几个强盗都仿佛没听见这句话似的，屏息不动。于是，沙金抬起头，看着怀抱孩子的平六的脸，点点头。

"这是痰堵塞喉咙的声音。"

平六自言自语地低声说。在婴儿害怕黑暗的啼哭声中，猪熊老头带着些微痛苦，如即将熄灭的火把，平静地停止了呼吸……"老爷子终于也死了。"

"他那样虐待阿浓，也该死了。"

"尸体只好埋在这树丛里了。"

"要是被乌鸦吃掉，也实在有点可怜。"

在有点儿寒冷的空气里，强盗们你一言我一语地议论着。这时，远处传来轻微的鸡叫声。好像大快亮了。

沙金问："阿浓呢？"

"我把所有的衣服都盖在她身上，让她睡觉。瞧她的身体，够呛。"平六的语气中也带着平时没有的温柔。

两三个人把猪熊老头的尸体抬出门外。外面依然一片黑暗。在即将破晓时分的淡淡月光里，稀疏萧森的树丛轻轻摇摆着枝梢，凌霄花的香气愈加浓烈。不时听见极其微弱的声音，那大概是露珠在竹叶上滑动吧。

"生死事大。"

"无常迅速。"

"这张脸，死后比活着的时候显得和蔼。"

"是啊，变得像个人样了。"

猪熊老头血迹斑斑的尸体在人们的议论声中，

逐渐被深深埋进竹子和凌霄花的茂密树丛里。

九

第二天，在猪熊大街的一户人家里，发现一具被残酷杀害的女人尸体。这是个年轻的女人，身体肥胖，容貌漂亮。从伤口的形状来看，进行过强烈的反抗。一个证据就是她的嘴巴里堵塞着浅黄色水干的衣袖。

还有一件奇怪的事情，这户人家的女佣阿浓当时也在场，却丝毫没有受伤。在检非违使厅接受调查的时候，她做了大致这样的供述。之所以说大致，是因为阿浓智力低下，无法进行更明确的叙述。

那天夜里，阿浓半夜醒来，听见太郎、次郎两兄弟和沙金在大声争吵。她弄不明白究竟是怎么回事，次郎突然拔刀朝沙金砍去。沙金大喊救命，拼命往外跑。这时，好像太郎也给她一刀。

接着，只听见兄弟两人的谩骂声和沙金痛苦的呻吟声。可是后来沙金断气的时候，他们俩相拥默默而泣，哭了好长时间。阿浓从板窗的缝隙偷看外面发生的这起事件，她之所以不去救主，完全是害怕怀里的孩子受到伤害。

"还有，那个名叫次郎的，是这个孩子的父亲。"阿浓说这句话时，突然满脸通红。

"后来，太郎和次郎就到我的屋子里来，对我说多保重。我让他们看孩子，次郎笑着抚摸孩子的脑袋，眼睛里还满含泪水。我希望他们多待一会儿，可是他们急匆匆地出门，跳上大概拴在枇杷树上的马，不知上哪儿去了。马不是两匹，我抱着孩子，从窗户看下去，因为有月亮，看得很清楚，是两个人骑一匹马。后来，我也不管主人的尸体，自己又钻进被窝里睡觉。我经常看见主人杀人，所以对尸体一点儿也不怕。"

检非违使终于弄明白了这起事件的始末，于是认定阿浓无罪，将其释放。

十几年以后，阿浓已削发为尼，一直养育着

孩子。有一天，她看见以骁勇著称的丹后守的贴身警卫——一个身材高大的男人从路上经过。她告诉别人此人就是太郎。这个男人的脸上也有一些麻子，而且也是独眼。

"要是次郎的话，我会立刻跑上去。可是他很可怕……"阿浓说话的口气、动作像个小姑娘一样。

至于这个警卫到底是不是太郎，谁也不得而知。但是，后来有些风闻，说他也有一个弟弟，和他侍奉同一个主人。

大正六年（1917）四月二十日

（郑民钦　译）

浪迹天涯的犹太人

基督教国家诸如意大利、法国、英国、德国、奥地利和西班牙，等等，几乎无一例外流传着"浪迹天涯的犹太人"的传说。因而，古往今来关于这个题材的艺术作品非常之多。古斯塔夫·多雷的绘画我们耳熟能详。欧仁·苏[1]、克罗利博士也都写过此类题材的小说。刘易斯[2]的著名小说《修道士》，则让我们记住了路西法和"滴血的女人"，同时也记住了"浪迹天涯的犹太人"。最近，别称菲奥娜·麦克劳德的威廉·夏普又借用这个素材，

1　古斯塔夫·多雷（Gustave Doré, 1832—1883），法国著名版画家、雕刻家和插图作家。欧仁·苏（Eugene Sue, 1804—1857），法国著名小说家，代表作有《巴黎的秘密》。

2　马修·格雷戈里·刘易斯（Matthew Gregory Lewis, 1775—1818），英国小说家、剧作家。

创作了一篇短篇小说。

那么，"浪迹天涯的犹太人"描述了怎样的一段故事呢？它描述了犹太人在耶稣基督的诅咒下，一面等待着最终的审判，一面继续着永远的流浪生活。不同的记载中，那位犹太人的姓名并不一致——有时叫作卡尔塔费尔斯（Cartaphilus），有时叫作亚哈随鲁（Ahasuerus），有时叫作布塔迪斯，也有时叫作以撒·拉克艾达姆。他的职业，亦因记载的不同而形形色色——有时是耶路撒冷的门卫，有时则是海盗的仆役，当然也有鞋匠一类的职业。不过记载中关于基督诅咒的原因却是大致相同的。耶稣被押解到各各他（地名）时，曾在犹太人的家门口停留，耶稣想在那儿小憩片刻，却遭到犹太人无情的詈骂和残暴的殴打。当时耶稣的咒语是这样的："诅咒无法让耶稣死去，你就在那儿等我回来。"后来犹太人像接受保罗的洗礼那样，接受了亚拿尼亚的洗礼，并获得了教名——约瑟夫。然而，一旦背负了那个咒语，便将永世无法解除，哪怕到了世界末日。1721 年 6

月 22 日他现身慕尼黑的说法，在霍迈尔[1]的手记中曾有记载——

近期，但凡查找古代的有关文献，即可随处发现与此相关的记录。最早的记录，恐怕是马修·帕里斯编撰的圣奥尔本斯修道院年代记中的有关记事。依据这段记事，翻译奈特说，亚美尼亚大主教访问圣奥尔本斯修道院时，时常与之相伴的正是"浪迹天涯的犹太人"和那张餐桌。此外，佛兰德斯的历史学家菲利普·姆斯克，在其1242年撰写的韵文年代记中，也曾有过同样的记述。所以，在十三世纪以前，或许，起码是为了以正视听吧，犹太人并未浪迹欧洲各地。然而1505年，波希米亚一位名叫克可特的织匠，在犹太人的帮助下发掘出祖父六十年前埋下的财宝。1547年，石勒苏益格的主教保罗·冯·阿伊采恩在汉堡的教会上听取了犹太人的祈祷。从那个时候一直到十八世纪初叶，许多文献上都有记载，犹太人开

---

1 霍迈尔（Joseph Von Hormayr, 1787—1848），德国政治家、历史学家。

始出现在南北两欧的土地上。这里，可以举出几个最为显明的例证：1575 年出现在马德里，1599年出现在维也纳，1601 年则出现在利佩茨克、里拜尔和克拉科夫三个地方。鲁道夫·波特莱斯认为，1604 年前后，他也曾出现在巴黎，然后经由瑙姆堡和布鲁塞尔，造访了莱比锡。据说 1658 年，斯坦福一位男子萨姆埃尔·奥利斯身患肺疾，犹太人教授了他一个恢复健康的秘方 —— 两片红色鼠尾草叶，加上一片羊蹄叶，泡在啤酒中饮用。接着，犹太人经慕尼黑，再度进入英国，在那里回答了剑桥大学和牛津大学教授们的质疑。而经由丹麦到了瑞典之后，却最终去向不明。从那时起直至现在，可以说音信杳然。

以上的简略描述，展示了"浪迹天涯的犹太人"之人物背景，以及他过去拥有的所谓历史。然而我的目的，并非仅仅传达此般信息。我是想通过这样的传奇人物，提出曾经的两个疑问，进而介绍自己先前偶尔发现的古代文书。最后，亦将自己已经解决的两个问题公之于世。古代文书中的相关内容，也一并公之于此。那么，我曾经的两个疑问是什么呢？

第一个疑问，是关于事实的问题。"浪迹天涯的犹太人"几乎出现在所有的基督教国家。那他是否也曾到过日本呢？这里权且不论现代日本的信仰状况，早在十四世纪后半叶的日本西南部，几乎所有的信教者都是天主教徒。由戴尔布洛图书馆东方馆可以查知，十六世纪初期，法蒂拉率领的阿拉伯骑兵攻陷埃尔班镇时，便在战场上发现了《浪迹天涯的犹太人》。书中写到，Allah akubar（神法无边）的祈祷一直伴随着法蒂拉。在"东方"显然已经留下了他的足迹。当时，日本尚处封建时代，贵族被称为大名。当时的贵族们胸佩黄金十字架，口中念着基督主祷文。夫人们则手捻珊瑚念珠，跪伏在圣母玛利亚像前祈祷。所以毫无疑问，他早已抵达了日本。引用当时极其普通的说法，我怀疑当时的日本已经输入了与之相关的传说，就像玻璃和葡萄牙四弦琴的舶来一样。

与第一个疑问相比，第二个疑问则有些许不同的性质。"浪迹天涯的犹太人"是因为虐待了耶稣基督，才背负上永久流浪的命运。然而将基督钉在十字架上，令之备受折磨的，并不仅仅是这么一个犹太人。有人给他戴上了荆棘冠，有人为之缠上了紫色的衣袍，还有人在十字架上钉上了 I. N. R. I 的牌子。向他扔石块、吐唾沫者，更是数不胜数。那么为何仅有犹太人背负了基督的那般诅咒呢？这是我的第二个疑问。应当如何解释呢？

多年以来，我一直带着这样的两个疑问，徒然徜徉于东西方的古文书中，至今却未有任何线索。而涉及"浪迹天涯的犹太人"的文献，却是非常之多。我希望通读相关的诸多文献，但至少在日本，那是完全没有可能的。我担心，自己将永远无法解答这些疑问。去年冬天，我陷身于那般绝望之中。作为最后的尝试，我遍历了两肥和平户天草的诸多岛屿，目的还是收集古文书。结果，在偶然间获得的文禄年间 MSS.[1] 中，发现了关于"浪迹天涯的犹太人"的传说。在此无法详细叙述有关古文书的鉴定情况，只需简要描述文书的来龙去脉。其实，不过是当时一位天主教徒的传闻，原样不动地将其口述记录了下来。

根据这段记录，"浪迹天涯的犹太人"是在平户至九州本土的渡船上邂逅弗朗西斯科·沙维尔[2]的。沙维尔单独侍奉老神父，神父描绘了当时的情景。这种描述又在信徒当中传播开来，渐渐地传遍四方，终于在数十年之后传到了记录的作者耳中。如果可以相信那位作者的记录，那么"弗朗西斯科神父与浪迹天涯的犹太人的问答"，正是当时天主教教徒间有名的故事之一。这段故事，似乎经常被用作传教的材料。在大致介绍记录内容的同时，我想引用两三段记录原文，让读者一

1　抄本。

2　沙维尔（Francisco De Xavier，1506—1552），西班牙耶稣会神父，1549 年到日本传教。

同领略消释疑团的喜悦——

　　首先，记录中讲到，渡船里"装载了各色各样的水果"，所以，当时的季节或可推断为秋季。后段有关无花果之类的果物记述，亦是极其鲜明的凭据。此外那艘渡船，似乎也是独一无二的。时间则是正午。——笔者在进入正文之前只写这么多，倘若读者希望复原当时的情景，不妨由记录的其他内容中加入自己的想象。阳光照耀在海面上，反射出鱼鳞一般耀眼的光芒。读者可以想象到装满渡船的无花果和石榴，也可以想象到三个红毛人坐在船舱中津津乐道。在下不过一介书生，所以不可能栩栩如生地描绘出真实的景象。

　　倘若读者亦觉困难，不妨参阅佩克所著《斯坦福的历史》。也许，书中时而涉及的"浪迹天涯的犹太人"身着的服装，可以有效地启发读者的想象。佩克这样描述道："他的上衣是紫色的，纽扣一直系至腰间，裤子也是紫色的，看起来不算太旧。鞋子是纯白色的，鞋面不知是亚麻还是毛绒。须髯和头发也都是白色。手中还握有一根白色的手杖。"以上是身患肺病的塞缪尔·沃利斯[1]亲眼所见,佩克只是将它记录下来而已。所以在弗朗西斯科·沙维尔的时代,或许已经有了那样的服装。

那么如何知晓这便是"浪迹天涯的犹太人"呢?"因为神父在祈祷之时,他也在恭恭敬敬地祈祷。"据说,是弗朗西斯科首先近前搭话的。两人交谈片刻,弗朗西斯科便已知晓此非凡人。无论是说话的内容还是说话的气度,皆与当时浪迹东洋的冒险家或旅行家不同。"他对天竺南蛮的古往今来,竟然了如指掌……据说老神父对此亦瞠目结舌。"便问:"您是何方人士?"对方回答:"吾乃居无定所的犹太人。"起先,神父亦对此人的真伪感觉到些许怀疑。记录中写到神父问及"来世、天国和誓约",对方"便就誓约之类的话题与神父交谈,涉及形形色色的问题"。从那些问答中

---

1 塞缪尔·沃利斯(Samuel Wallis,1728—1795),英国航海家。

可以获知，最初他们只是探讨了历史存在的事实，几乎完全没有触及宗教上的问题。

他与老神父一起，说到一万一千童贞少女"为主献身"，讲到帕特里克神父洗净罪孽的传说，又谈及当今信徒间的传教，最终说到耶稣基督在各各他背上十字架。这段记事中还记述道，恰巧说到这儿，船上的水手送来了船上装载的无花果，神父和"浪迹天涯的犹太人"一同品尝了水果。此前说到季节的时候亦有涉及，这里再度提起，当然，实际上并无过多含义——从他们的问答中亦可看出。大致的情形，如下所述。

神父问："我主耶稣受难时，你在耶路撒冷吗？"

"浪迹天涯的犹太人"答道："是啊，我在现场仰望着受难的主。我本来叫约瑟夫，是住在耶路撒冷的工匠。当日，我主受到了彼拉多殿下的裁判，我竟然把全家老小统唤至门口。我们就那样说说笑笑地观望我主受苦受难，真是罪不可赦。"

　　记录当中又这样写道，基督"在疯狂的群众当中"背负十字架，跟随着人群踉跄而行。守卫在身旁的则是法利赛人（基督时代犹太教的戒律主义者）和祭司。基督肩上披着紫衣，额头戴着荆棘冠。他的手上脚上布满了鞭伤和刀伤，像玫瑰花似的留着红色的印迹。只有那双眼睛仍旧像平常一样。"主那寻常一般的蓝澈目光"，没有悲哀，没有喜悦，充满着超越万物的奇异表情。这种表情，在不信"拿撒勒（耶稣故乡）木匠之子"教诲的约瑟夫心中，也留下了异常的印象。借用他的一段表述。他说："即便在这种时候，每当看见主的目光，便会产生莫名的亲切之感。也许是因为，那目光很像自己已故的哥哥。"

　　当时，基督灰头土脸、周身汗污地途经犹太人家门口，他停留下来期望小憩片刻。门口有扎着鞣皮皮带、指甲长长的法利赛信徒，也有头发染成青色、散发出干松油脂气息的娼妇。或许那里还有罗马士兵佩带的盾牌，在晃眼的夏日阳光里，左右两面都闪闪发光。然而记录之中只是写道，当时那里"人头攒动"。约瑟夫"在众人面前，竭力向祭司们表现忠心"，他看见基督的脚步停了下来，就一只手挟着一个孩子，另一只手腾出来，揪住人子的肩膀粗暴地推搡，他对基督恶言相向——一会儿让你慢慢受用磔刑，把你的身体钉在那十字架上，而且双手要高高举起。

基督闻言，静静地抬起头来，责难似的看着约瑟夫。他以那双看上去像已故哥哥的眼睛严厉地望着约瑟夫。基督说："诅咒无法让耶稣死去，你们在那儿等我回来。"犹太人望着基督的眼睛，感觉那些话像热浪一般强烈，仿佛瞬间燃烧到他的心头。基督究竟是否说了这样的话呢？其实犹太人自己也说不清楚。约瑟夫真的担心，"这样的咒语将留在自己的心中耳中，永无解脱"。他举起的双手自然地夺拉下来，心头的憎恨亦自然地消解。犹太人抱着自己的孩子，不由得跪在了大街之上。他战战兢兢将嘴唇贴在剥去趾甲的基督脚旁。然而天色已晚。基督在士兵们的驱赶下，已经离开门口五六步远。约瑟夫茫然地目送着基督那紫色的衣衫，不一会儿便消隐在杂沓的人群之中。与此同时他意识到，一种无以言表的后悔之情在他的心底翻动。但却没有一个人对之表示同情。他的妻子、儿子也是同样的解释，认为约瑟夫那样做，与让基督戴上荆棘冠的行为没有两样，也是对于基督的嘲弄。自然，街上的人们都在耻笑他，感觉十分有趣。耶路撒冷的阳光晒得石头发焦。约瑟夫顶着铺天盖地的沙尘，眼里含着泪水，一动不动地久久跪伏于路边，他甚至不记得自己怀中的孩子，何时已被妻子抱走……

"呜呼！耶路撒冷如此广大，然而，自觉令主蒙羞的罪过者，恐唯我一人。正是因为我知道这样的罪过，我才受到了那般诅咒。犯了罪却不知罪者，天罚又有何用？那么，我便独自承受了将主钉在十字架上的罪孽。而接受惩罚者方能赎罪。所以日后受到主之拯救者，亦非我莫属。说到底，对于有罪知罪者，上天会同时颁下惩罚和救赎。"——在记录的最后部分，"浪迹天涯的犹太人"回答了我的第二个疑问。这里，没有必要探究回答恰当与否。因为好歹有了一个答案，我已十分满足。

倘若有人在古文书中，发现了能为我释解疑难的有关"浪迹天涯的犹太人"的答案，望不吝赐教。本来我想列举出上述引用书目，且将这小小论文的体裁发挥透彻。不巧，自己无暇实现这一初衷。我只有简略介绍贝林古德的一些说法。这些说法涉及了"浪迹天涯的犹太人"的传记起源——《马太福音》中的第十六章第二十八节以及《马可福音》中的第九章第一节。

大正六年（1917）五月十日

（魏大海　译）

只有人的悲伤——

人的巨大的悲伤，

如洒满天空的月光，

依然孤寂而严酷地存在着……